RAUSGEKICKT!

DA WAREN'S NUR NOCH ZEHN

© privat

Julien Wolff, 1983 in Hamburg geboren, ist dem Fußball seit seiner Jugend verfallen. Nachdem er jahrelang selbst spielte, begann er nach dem Abitur über den schönsten Sport der Welt zu schreiben. Seit 2003 arbeitet er für die Welt und Welt am Sonntag und berichtet seit 2011 über den FC Bayern und die Nationalmannschaft. Julien Wolff lebt in München, ist als Experte regelmäßig bei »Sky« zu sehen und begeistert sich besonders für den Jugendfußball und die Talentförderung. Nach »Traumtreffer!« ist »Rausgekickt!« sein zweiter Jugendroman.

JULIEN WOLFF

RAUSGEKICKT!

DA WAREN'S NUR NOCH ZEHN

CARLSEN

Außerdem von Julien Wolff im Carlsen Verlag erschienen:
GOAL! Mein Trainingstagebuch
Kick or Kiss
Mehr als ein Spiel
Traumtreffer! Leon kickt sich durch

Dies ist ein fiktionales Werk. Alle Figuren, Organisationen und Ereignisse entspringen der Fantasie des Autors oder sind fiktionalisiert.

FSC www.fsc.org
MIX
Papier | Fördert gute Waldnutzung
FSC® C021394

Wir produzieren nachhaltig
- Klimaneutrales Produkt
- Papiere aus nachhaltigen und kontrollierten Quellen
- Hergestellt in Europa

Originalausgabe
April 2020

Völckersstraße 14-20, 22765 Hamburg
Lektorat: Annika Harmel
Herstellung: Karen Kollmetz
Umschlagfotografien: shutterstock.com © KieferPix/pixfly/Sergey Nivens/ Marian Weyo
Umschlaggestaltung und -typografie: formlabor
ISBN 978-3-551-31834-3

Für Kalifornien,
du Paradies

California, what you say about Los Angeles
Still the only place for me
That never rains in the sun and everybody got love

Tupac Shakur, »To live and die in L.A.«

1 Die krasseste Nacht überhaupt

Der Schuss schlägt direkt neben mir ein.

BANG!

Ich zucke zusammen und komme ins Straucheln. Mein Herz ballert.

Wenn du jetzt hinfällst, ist es vorbei. Dann hat er dich! Reiß dich zusammen, Mann!

Ein zweiter Schuss aus dem Gewehr.

BANG!

Ich laufe, so schnell ich kann. Wie krass einen so ein Schießstand mit pinken Plüschtieren als Hauptgewinn erschrecken kann, wenn man auf der Flucht vor seinem spaßbefreiten Prank-Opfer im HSV-Trikot ist, zwei Meter groß und wütend. Und zwar so richtig wütend.

»Bleib stehen, du kleiner Bastard!«, höre ich den Typen hinter mir brüllen. Schweiß läuft mir in die Augen und brennt brutal. Kurz sehe ich alles nur verschwommen. Das Adrenalin schießt durch meine Adern und lässt mich noch schneller rennen.

Zieh einfach durch, Josh!

Mit der linken Hand halte ich mein Cap fest, das eben schon fast weggeflogen wäre. Den Kinderwagen vor mir sehe ich dummerweise zu spät und pralle mit dem linken Knie voll dagegen. Ein heftiger Schmerz zuckt durch meinen Körper, und die junge Mutter, die das Teil durch die Gegend schiebt, schaut mich entgeistert an. »Sorry!«, rufe ich ihr zu und laufe weiter. Vorbei an der Achterbahn voller kreischender Menschen mit wehenden Haaren. Vorbei an der *Wilden Maus* und am *Super Scooter*, wo wie immer

Hip-Hop-Beats wummern und ein paar Möchtegerns in Bomberjacken betont lässig am Rand abhängen. Vor der Geisterbahn steht so ein Hipster-Papa mit Bart, Brille und Bierbauch. In der rechten Hand hält er eine Bratwurst, an der linken seinen Sohn und unter den Arm hat er sich einen riesigen Teddybären geklemmt, den er wohl bei irgendeinem Losstand für seinen Kleinen gewonnen hat. Als ich klein war, habe ich immer davon geträumt, so einen riesigen Teddy zu gewinnen. Jetzt fällt mir auf, wie hässlich die Dinger sind. Diese Monster-Plüschtiere müssen der Albtraum aller Eltern sein.

Ich will links an dem Hipster-Vater vorbei. Ausgerechnet in dem Moment macht er einen Schritt zur Seite – und wir knallen zusammen. Senf quillt auf mein hellblaues Jeanshemd, der Riesenteddy fliegt durch die Luft. *Fuck!* Ich rappele mich auf und nehme wieder Tempo auf. Der Papa, sein Sohn und der Teddy blicken mir fassungslos hinterher.

Im Laufen werfe ich einen hektischen Blick über meine Schulter. Der Abstand auf den HSV-Typen wird langsam größer. Er kann nicht mehr. Wird auch Zeit. Der DOM ist an diesem Freitagabend übertrieben voll, und langsam habe ich genug vom Slalomlauf durch die Horden von Familien, Jugendlichen und angetrunkenen Touristen. Auch wenn ich eine gute Kondition habe – Hashtag #EigenlobMussAuchMalSein – und mit meiner schmalen Statur und meinen 1,70 ganz gut zwischen den Leuten durchtauchen kann, geht so eine Flucht schön auf die Pumpe und kostet Nerven. Aber was tut man nicht alles für seine YouTube-Karriere ...

Zwischen dem Toilettencontainer, aus dem ein widerlicher Citrus-Klostein-Geruch dringt, und dem riesigen Süßigkeitenstand mit den Schokofrüchten und Weingummischlangen in der gläsernen Auslage biege ich in eine schmale Gasse, werfe mich hinter einen Müllcontainer und presse meinen Rücken daran. Ich spüre das warme Plastik in meinem Nacken. Für einen Moment schließe ich die Augen.

Was für ein abgefahrener Tag, Mann!

Ich gebe mir Mühe, dass meine Atmung einigermaßen klarkommt, und schiebe meinen Kopf vorsichtig an dem Müllcontainer vorbei. Die Luft scheint rein, keine Spur von dem Typen. Ich grinse zufrieden.

Solche Tage mag ich am liebsten.

Inzwischen ist es dunkel geworden, die Luft ist immer noch total warm, mein Hemd nach der Aktion vom Schweiß völlig durchnässt. Und wegen des Scheißsenfs jetzt mehr gelb als blau. Über all den Fahrgeschäften und Fressbuden hinweg sehe ich ein großes Schild leuchten: *Hamburger Sommer-DOM*. Der Eingang zu einem der größten Volksfeste Deutschlands.

Unser Treffpunkt.

Hoffentlich hat es Sebi auch gepackt!

Vor dem Prank haben wir vereinbart, uns am Eingang zu treffen, wenn was schiefgehen sollte oder wir uns verlieren. Von Sebi keine Spur. Gerade will ich mein Smartphone aus meiner Hosentasche ziehen, als mir jemand von hinten auf die Schulter klopft.

»Josh, Bro, da bist du ja.« *Sebi!*

»Alter, ich dachte schon, der Typ hat sich dich gekrallt.« Erleichtert schaue ich auf das iPhone, das er in der Hand hält. »Hast du alles drauf?«

Sebi grinst und nickt. »Klaaar. Was denkst du denn? Können wir gleich bei mir hochladen.« Aus seinen eisblauen Augen sprüht die Vorfreude. »Ich wäre auch ziemlich sauer, wenn mich jemand so genervt hätte wie du den Typen. Aber dass der so ausrastet, hätte ich nicht erwartet. Was Besseres als der Kerl hätte uns für unser Video gar nicht passieren können.« Sebi lacht und boxt mich in die Seite.

Ich liebe diesen Kerl einfach! Wie einen Bruder. Ohne ihn hätte ich es nie bis hierhin geschafft, das wird mir in diesem Moment mal wieder klar. Wir nennen ihn in der Schule Milhouse, wie den Kumpel von Bart Simpson, weil Sebi mit seiner Brille früher echt so aussah wie der. Nur cooler, aber das weiß Sebi auch.

Der Duft von Schmalzgebäck weht zu uns herüber, das Mondlicht spiegelt sich in den Fenstern der fetten Schausteller-Jeeps, die hinter den Fahrgeschäften parken. Das Riesenrad ragt über uns auf, und aus einer der Kabinen dort oben schallt das Lachen einer Mädchen-Clique herunter.

»Mit diesem Video knackst du die Eine-Million-Follower-Marke, da wette ich drauf.« Sebi unterstreicht seinen Satz mit einem überzeugten Blick.

»Das wäre zu krass«, sage ich. »Lass uns mal was Süßes holen, und dann ab zu dir, cutten und hochladen, okay?«

Heute Morgen hatte mein Channel 974 531 Abonnenten. Ich checke die Zahl jeden Tag nach dem Aufstehen. »Kick it like Josh!« ist der erfolgreichste Fußball-Channel in Deutschland. Was ich vor zwei Jahren einfach aus Spaß begonnen habe, ist zu einer Online-Karriere geworden. Zu meinem Baby. Und ein Baby will gefüttert werden. Ich möchte meiner Community, so oft es geht, neuen Content liefern, zwei Videos pro Woche sind Minimum. Da muss man sich mehr als Freistoß-Tricks einfallen lassen. Mit denen hat alles angefangen. Dann hab ich nach und nach alles Mögliche gemacht: Elfmeter-Challenges, Fußballschuhe im Test, Dribbling-Tutorials und Vlogs aus den Stadien der Bundesliga. Inzwischen bekomme ich sogar Interviews mit den Stars der großen Clubs und Nike-Trikots und Adidas-Bälle zugesendet, die ich verlose. Am besten klicken sich aber weiterhin Pranks, und heute Morgen hatte Sebi die Idee, auf dem DOM zu drehen.

»Ich raste da beim Dosenwerfen immer richtig aus, wenn ich nicht treffe. Da muss man sich voll konzentrieren. Wenn du einem da von hinten mit einem Vollspann-Schuss draufballerst, genau in dem Moment, in dem er werfen will – unbezahlbar!« Mit der Idee hatte er mich sofort. Wir haben denselben bescheuerten Humor. Dass dann auch noch ein HSV-Fan zum Werfen kam, spielte uns perfekt in die Karten, für Sebi und mich ist das der absolute Anti-Verein. Unser Plan war echt gut aufgegangen. Sebi war sich von Anfang an sicher, dass mein Schuss präzise genug ist, um auch im Menschengewirr zu treffen. Und gleich der erste Versuch saß. Der HSV-Typ erschreckte sich total, Sebi filmte aus seinem Versteck am Pferderennen-Stand gegenüber, und als der Kerl uns beide entdeckte, liefen wir los.

»Schmeckt sehr geil.« Sebi greift in die Tüte mit Schmalzgebäck, die wir uns teilen. Der Weg zur U-Bahn führt uns an der Tribüne des Millerntor-Stadions vorbei, aus dem gerade Tausende Menschen strömen. Aus der Kurve drängen noch »St. Pauli!, St. Pauli!«-Rufe. Es ist diese magische Freitagabendstimmung, die kein anderer Stadtteil der Welt zaubert, da bin ich sicher. Die Strahler der riesigen Flutlichtmasten, die Straßenlaternen und das Blaulicht eines vorbeifahrenden Polizeiwagens verschmelzen zu einem leuchtenden und funkelnden Zusammenspiel. Der Himmel mit seinen lila Wolken, all die Stimmen der Kinder und Erwachsenen in den Fahrgeschäften, ihr Jauchzen und die Ballermann-Musik vom Bierstand ergeben ein einzigartiges Klang-Wirrwarr.

Ich will gerade nirgends lieber sein als hier.

FC St. Pauli gegen Hannover 96, Topspiel der Zweiten Liga, da wären Sebi und ich zu gern dabei gewesen. Doch die Karten waren mal wieder total schnell weg, keine Chance. Wenn ich doch nur in der Pauli-Jugend spielen würde … Alle Talente des Clubs kommen bei den Spielen der Profis gratis auf die Tribüne, das wäre echt der Jackpot.

»St. Pauli hat zwei zu eins gewonnen«, lese ich Sebi von meiner Kicker-App vor.

»War klar. Die steigen dieses Jahr auf, die kann keiner stoppen«, sagt Sebi.

»Und überleg mal, was das für die Jugendspieler von denen bedeutet. Wenn die mal hochgezogen werden, können die in der Bundesliga spielen. In der Bundesliga, Mann!« Allein der Gedanke euphorisiert mich total. »Ich muss es einfach zu Pauli schaffen.«

Sebi seufzt. »Bro, ich gönne es dir von Herzen. Du wirst es packen. Du bist einer der besten. War einfach extremes Pech, dass du dich ausgerechnet vor der letzten Talentsichtung verletzt hast. Nur deswegen spielst du immer noch bei Niendorf. Sonst wärst du längst bei St. Pauli.«

Tief in mir weiß ich, dass Sebi recht hat. Ich bin gut, sonst hätte ich es nicht in die Hamburger Auswahl geschafft. Doch wegen des ätzenden Kreuzbandrisses damals fehlt mir über ein halbes Jahr, das haben die anderen meines Jahrganges mir voraus. Ein halbes Jahr mehr Erfahrung, mehr Spiele, einfach alles. Mein Vater hat recht mit dem, was er mir so oft sagt: »Du musst jetzt *noch* mehr tun. Mehr als die anderen. Dann packst du es, gut genug für St. Pauli zu sein.«

Gut genug für den Verein, den ich seit meiner Kindheit liebe. Als ich acht war, nahm mich mein Vater das erste Mal mit ins Stadion. Schon vor dem Anpfiff hatte ich Gänsehaut, die Fans sangen das Lied mit, das durch die Lautsprecher wummerte:

Das Herz von St. Pauli,
das ist meine Heimat,
in Hamburg, da bin ich zu Haus.
Der Hafen, die Lichter, die Sehnsucht
begleiten das Schiff
in die Ferne hinaus.

Der Mond versteckt sich hinter einigen Wolken, der Wind kühlt die Luft etwas ab und Sebi und ich gehen weiter Richtung U-Bahn. Der Bürgersteig ist total überfüllt.

»Hey, das ist Josh!« Der Junge neben mir stößt seinem Kumpel mit dem Ellenbogen in die Seite.

»Josh, Mann, können wir bitte ein Foto machen? Ich bin ein Riesenfan von deinem Channel!« Ich lächele und beuge mich zu dem Jungen vor, der sein Smartphone bereits gezückt hat, seinen Arm ausfährt und ein Selfie von uns schießt.

»Danke! Das werde ich gleich bei Insta posten. Meine Jungs werden mich feiern, die finden dich alle krass.«

»Das freut mich. Checkt morgen auf jeden Fall mein neues Video! Wird der Hammer!«, sage ich im Weitergehen. »Und sag deinen Jungs, sie sollen mich abonnieren – falls sie nicht längst ein Abo haben.«

Seit mein Channel so durch die Decke geht, erkennen mich immer mal wieder fremde Leute. Am Anfang war das echt komisch. Ich meine, ich bin doch kein Star wie Jay-Z oder DJ Khaled oder so. Inzwischen habe ich mich daran gewöhnt und erkannt, dass der Online-Hype eben auch offline Folgen hat.

»Lass uns mal auf der anderen Straßenseite gehen, hier kommen wir bei all den Menschen viel zu langsam voran.«

Sebi kann es eindeutig nicht erwarten, unser neues Video hochzuladen. Wir kennen uns seit der Grundschule, und schon damals war er in Sachen Technik der Oberchecker. Seit Sebi von seinen Eltern dann irgendwann seinen ersten Laptop zu Weihnachten bekam, entwickelte er sich zum absoluten Profi in Sachen soziale Medien und Videos.

Das Neonschild des Döner-Ladens vor der U-Bahn-Station zieht mich wie magnetisch an, und ich will Sebi gerade fragen, ob er nach dem vielen Zuckerkram auch Bock auf etwas Herzhaftes hat, als zwei Männer vor uns auftauchen. Sie kommen offenbar aus dem Stadion und sind so in ihr Gespräch vertieft, dass sie uns überhaupt nicht bemerken. Der Größere der beiden kommt mir total bekannt vor.

Hey, den kenne ich! Das ist Matze Stenger, der St. Pauli-Manager!

»Sebi, guck mal, da ist dieser Stenger. Kennst du auch aus dem Fernsehen, oder?« Ich spreche ganz leise und zeige auf die Männer, die jetzt vor uns gehen.

Sebis Blick scannt die beiden von oben bis unten, dann nickt er. »Klar, der ist letztes Jahr Hamburger des Jahres geworden, weil er so gute Spieler gekauft und St. Pauli zu einer Topmannschaft gemacht hat. Stand fett auf allen Online-Portalen. Und wer ist der andere Typ?«

Ich zucke die Achseln. Den habe ich noch nie gesehen. Stengers Gesprächspartner trägt ein dunkelblaues Jackett, eine helle Hose und braune Wildlederschuhe. Stenger ist im weißen Hemd unterwegs, die Ärmel hat er hochgekrempelt. An seinem Handgelenk entdecke ich ein Papierband, auf dem *VIP* steht. Wahrscheinlich kommen die beiden direkt aus der Loge auf der Ehrentribüne und haben dort das Spiel gesehen, denke ich mir.

»Komm, wir gehen mal näher ran. Vielleicht können wir ihn fragen, ob wir kurz einen Shoutout für unseren

Channel mit ihm drehen können«, sagt Sebi. Shoutouts sind in letzter Zeit ziemlich beliebt auf YouTube. Es sind kleine Einspieler, in denen Prominente was Cooles über den jeweiligen YouTuber sagen.

Ich nicke Sebi zu, und wir schließen zu den beiden Männern auf. Sebi holt im Gehen schon seine Kamera aus seinem Rucksack. Stenger und der andere Typ gehen ziemlich langsam und gestikulieren mit den Armen.

»Ich halte dieses Camp für das beste weltweit. Und ich bin sicher, dass die Jungs, die dorthin fahren, als ganz neue Spieler zurückkommen«, sagt Stenger. »Als bessere Spieler, die bereit sind für eine Profikarriere. Spätestens in einem Jahr werden Europas Topclubs diese Jungs jagen. Deswegen muss unser Verein bereits jetzt ein Auge auf sie haben, damit wir schneller als die anderen sind.« Stenger blickt den Mann neben sich eindringlich an. »Nur so haben wir gegen Clubs wie Bayern, Dortmund, Real, Arsenal, Juve, HSV, Stuttgart und Bremen und all die anderen eine Chance. Stefan, der Kampf um Talente ist unerbittlich geworden. Also sieh zu, dass du deine Spieler in das Camp kriegst. Danach können wir darüber reden, ob sie zu uns kommen.«

Der Mann, der offensichtlich Stefan heißt, seufzt. »Du sagst das so einfach. Weißt du, wie schwierig es ist, Spieler dorthin zu bekommen? Wir reden nicht von irgendeiner Fußballschule, für die die Eltern fünfhundert Euro zahlen und wo die Kinder ein bisschen kicken dürfen und am Ende 'ne Urkunde bekommen. Wir reden vom Elite-Soccer-Camp, verdammt! Da sind alle Trainer ehemalige Profispieler. Da leben die Jungs vier Wochen in Los Angeles. Da ist alles Highend! Da wollen echt viele hin. Und die nehmen immer nur elf Spieler auf. Meine Berater-Agentur ist nicht die größte, das weißt du, und deswegen ist es schwierig. Die Veranstalter des Camps legen großen Wert darauf, dass es exklusiv bleibt. Die machen nur wenig Werbung, die suchen die meisten Spieler selbst aus, und die Anforderungen …«

Stenger fällt ihm ins Wort. »Stefan, stopp! Ich weiß das alles. Ich schätze dich sehr, du hast uns schon viele Toptalente gebracht. Aber dieses Jahr will ich Spieler, die dieses Camp absolviert haben.«

Vier Wochen in Los Angeles? Ex-Profis als Trainer? Und danach beste Chancen, bei St. Pauli zu spielen? Das ist ja cooler als jeder Traum!

In meinem Kopf fahren die Gedanken Achterbahn. »Okay, Bro, Kamera ist bereit. Fragen wir jetzt wegen des Shoutouts?« Sebi reißt mich aus meinem Tagtraum vom Camp. Er macht schon einen Schritt auf die beiden Männer zu, und ich packe ihn am Arm, woraufhin er mich irritiert ansieht.

»Scheiß auf den Shoutout, so was kriegen wir bestimmt ein anderes Mal«, flüstere ich ihm zu. »Die beiden sollen auf keinen Fall merken, dass wir ihr Gespräch mitgehört haben.«

Sebis Augen sind jetzt aufgerissen, sein Mund steht offen. Ein paar Sekunden sieht er mich schweigend an. Dann verwandelt sich sein erstauntes Gesicht in ein wissendes Grinsen. »Ich kenne dieses Funkeln in deinen Augen. Das hast du nur, wenn du was Besonderes vorhast.«

Mit Sebi sehe ich zu, wie Stenger und dieser Stefan vor der U-Bahn-Station rechts in eine Seitenstraße abbiegen, sich mit Handschlag verabschieden und in ihre Autos steigen, die auf einem großen Parkplatz stehen. Auf dem Schild an der Ausfahrt steht *P3 – Ehrengäste*.

»Schicker Mercedes von Stenger. Ist ein AMG, glaube ich. Kostet locker neunzigtausend.« Sebi schaut ehrfurchtsvoll der schwarzen Limousine hinterher, die vom Parkplatz rollt.

»Ja, ist nice. Aber komm jetzt, wir haben zu tun. YouTube-Videos laden sich nicht von allein hoch.«

Wir kämpfen uns durch die Menschenmassen auf der Treppe der U-Bahn-Station und quetschen uns in den letzten Wagen der U3. Nach drei Stationen steigen wir um, und der Zug Richtung Niendorf ist viel leerer. Wir lassen uns auf die Sitze fallen, und Sekunden später rauschen wir an den hellen Altbau-Fassaden Eimsbüttels vorbei. Ich habe meine Stirn gegen das Fenster gelehnt, die vibrierende Scheibe ist angenehm kühl.

»An was denkst du?«, fragt Sebi.

»Daran, dass ich in dieses Camp muss. Egal wie.«

Wenig später sitzen Sebi und ich in seinem Zimmer. Seine Eltern sind mal wieder nicht da, Dienstreise, wie immer eigentlich. Sebi lehnt sich in seinem Gamersessel zurück. Auf seinem Schreibtisch stehen zwei fette Bildschirme, an den Wänden hängen Poster von Fortnite, FIFA und Call of Duty. Unter seinem Tisch liegt Balu, der schwarze Labrador der Familie, und döst. Während in meinem Zimmer immer leere Plastikflaschen rumfliegen und sich meine getragenen Sweatshirts auf dem Boden stapeln, ist bei Sebi alles total ordentlich, sogar wenn er sturmfrei hat. Vielleicht verstehen wir uns deshalb so gut – weil wir in mancher Hinsicht so unterschiedlich sind. Wie These und Antithese, würde unsere Mathelehrerin Frau Weidenroch jetzt bestimmt sagen. Ich mit meiner Macke, Caps zu sammeln – hab inzwischen über 50 in meinem Zimmer – und Sebi mit seinem Langweilerhaarschnitt, den er als einziger Mensch auf dieser Welt als stylisch bezeichnet – in dieser Sache ist ihm echt nicht mehr zu helfen.

»Okay, legen wir los mit dem Video?«, fragt Sebi.

»Sofort. Aber google vorher einmal dieses Camp.«

Sebi dreht sich zur Tastatur, und ich rücke mit meinem Stuhl an den Schreibtisch. Seine Finger fliegen über die Tasten, und nach einem Klick öffnet sich eine sehr schicke Website. Alles auf Englisch.

Schweigend überfliegen wir beide die Texte auf der Startseite. »Fertig? Kann ich auf den nächsten Menüpunkt klicken?«, fragt Sebi.

»Hmmm«, brumme ich konzentriert.

Wir landen bei dem Punkt *Über das Elite-Soccer-Camp*, und Sebi liest gebannt vor:

Das Elite-Soccer-Camp hat es sich zur Aufgabe gemacht, Jugendliche im Fußball zu fördern und ihre sportlichen Leistungen zu verbessern.

Vier Wochen trainieren einige der erfolgreichsten Ex-Profis überhaupt die Teilnehmer, in diesem Jahr Englands Mittelfeldlegende Mitch McKenny. Unser Motto: Unsere Jugendlichen sollen von den Besten lernen!

Jedes Jahr nimmt das Camp elf Teilnehmer auf. Acht davon wählt die Camp-Leitung aus den vielversprechendsten Talenten aus den USA, Europa, Asien, Afrika und Australien. Die anderen drei Teilnehmer kommen aus einem Bewerbungsverfahren, sie können sich mithilfe eines Videos und eines Motivationsschreibens für das Camp qualifizieren. Die Spieler müssen mindestens 15 Jahre alt sein.

Wer die Jury überzeugt, einer dieser drei Kandidaten zu sein, schafft es ins Camp.

Mithilfe dieses Modells soll sichergestellt sein, dass jedes Jahr diejenigen Jugendlichen aus dem Nachwuchs-

sport teilnehmen, die über besonderes Engagement verfügen.

Jugendlichen aus allen Gesellschaftsschichten zu helfen ist der Mittelpunkt der Mission von Jack Morisson, Gründer des Titan-Konzerns, der das Camp ins Leben rief und bis heute finanziert.

Das Elite-Soccer-Camp beginnt in diesem Jahr am 5. Juli und endet am 5. August.

»Krass! Das heißt im Klartext: Acht Top-Talente und drei Fußballer mit besonders großem Willen kommen vier Wochen in L.A. zusammen und sollen voneinander lernen. Und bezahlt wird alles von diesem Morisson«, fasst Sebi zusammen.

»Und was hat der davon? Das muss doch unglaublich viel Geld kosten«, sage ich.

Auf Sebis Stirn bilden sich nachdenkliche Falten, und Sekunden später fliegen seine Finger wieder über die Tastatur vor ihm. Dank Google und Wikipedia spult er mir in Kurzform die Vita von Morisson runter: Schulabbrecher, mit 18 die Kaufhauskette Titan gegründet, Milliardär geworden. Und schon immer Fußballfan gewesen, hat ein paar Jahre als Amateur für ein US-College gespielt.

»Der Typ gehört zu den reichsten Menschen der USA. Der Fußball ist offenbar seine liebste Nebenbeschäftigung. Und jetzt will er von Jungs wie dir sehen, dass sie in sein Camp wollen. Der liebt einfach den Sport und gleichzeitig will er sich ein bisschen als Wohltäter darstellen und Werbung für sein Unternehmen machen. Titan ist auf der Website des Camps überall als Sponsor drauf. Ich habe neulich in so einem Fußballmagazin gelesen, dass sich Sportmarketing total für die Firmen lohnt.« Sebi verschlingt jede Ausgabe des *Spiegel* und den Wirtschaftsteil der *Welt am Sonntag*, seit wir zehn sind. Hab ich nie verstanden, ist mir aber schon oft zugutegekommen.

Er klickt auf der Seite rum und zeigt mir einige Beispiele. »Kann uns doch auch egal sein, warum der Morisson das macht. Hauptsache, er macht es. Ich habe noch nie so etwas Cooles gehört. Das passt ja perfekt, dass du vor zwei Wochen gerade fünfzehn geworden bist.« In Sebis Sätzen schwingt eine Aufforderung mit, weshalb ich mich auf dem Sofa aufrichte und ihn angrinse.

»Ich bewerbe mich. Der Zeitraum passt, das ist in den Sommerferien. Ich muss das probieren. Was das für eine Chance wäre! Und was für geniale Videos ich dort drehen könnte. Und diesen Camp-Leiter, den McKenny, den habe ich im Finale der Champions League und im WM-Endspiel gesehen. Das ist eine Legende! Von dem kann man so viel lernen, Mann.«

Kurz denke ich daran, ob ich Sebi fragen sollte, ob wir uns gemeinsam bewerben wollen. Doch ich weiß genauso gut wie er, dass das nichts für ihn ist. Er liebt Fußball zwar wie ich, doch mehr als Fan, nicht als Spieler. Seine Leidenschaft sind die Videos, das ganze Cutten und der Server-Kram. Hier am Bildschirm schafft Sebi seine Welt, sein Kunstwerk. Sein Traum ist der nächste Mark Zuckerberg für Online-Videos zu werden. Nicht der nächste Kylian Mbappé oder Cristiano Ronaldo. Fußball ist für ihn nur ein Hobby. Für mich ist es mein Leben. Meine Kunstwerke sind die Pässe auf dem Rasen, meine Welt ist das Spielfeld.

Sebi klickt sich weiter durch die Website und seufzt.

»Was?«, frage ich.

»Ich habe mir gerade mal die FAQ zur Bewerbung durchgelesen. Bewerbungsschluss ist morgen.«

Fuck! Was für eine Scheiße!

Ich haue mit der flachen Hand auf den Schreibtisch,

woraufhin Sebis Tastatur einen Satz macht und scheppernd wieder auf der Tischplatte landet. Balu hebt erschrocken seinen Kopf und sieht mich überrascht aus seinen treuen Augen an.

»Sorry«, presse ich hervor. »Aber das regt mich gerade ziemlich auf.«

Sebis Nicken soll offenbar *Ist schon okay* heißen.

»Dann fangen wir wohl mal an«, sagt er nach einigen Sekunden des Schweigens.

Fragend sehe ich meinen besten Freund an und ziehe misstrauisch die Augenbrauen hoch.

»Eine Nacht ist nicht viel Zeit. Aber wenn das jemand schafft, dann wir«, sagt Sebi. Er wendet sich wieder seinem Bildschirm zu.

»Ich hab noch nie 'ne Bewerbung geschrieben.« Während ich den Satz ausspreche, schießen Bilder von Stränden und perfekt gemähten Trainingsplätzen unter der Sonne Kaliforniens in meinen Kopf. Und ich sehe Matze Stenger vor mir, den Manager von St. Pauli. Das Millerntor-Stadion. Ich will Spieler aus diesem Camp, hat Stenger gesagt.

»Bro, ich habe dich lange nicht so begeistert gesehen wie vorhin, als wir von diesem Camp erfahren haben. Um dich dahinzukriegen, verzichte ich gern auf Schlaf.« Sebi schiebt mir einen Laptop hin, den er aus einer Schublade gezogen hat. »Komm, wir machen das zusammen.«

Ich reibe mir die Augen, der Tag war echt anstrengend.

Eine Bewerbung auf Englisch – und das mit einer Drei minus in dem Fach. Mündlich bin ich ganz gut, aber in einer anderen Sprache schreiben finde ich verdammt hart.

Und dann ist sie plötzlich in meinem Kopf, die Idee, die mir einen Schub versetzt, die mich elektrisiert.

»Dann mal los«, sage ich.

Und wir beide grinsen.

Es ist eine klare Vollmondnacht und das einzige Geräusch in Sebis Zimmer ist das leise Surren seines Rechners. Der Radiowecker auf dem Nachttisch zeigt mir, wie lang der Abend geworden ist: 4:26 schreien mir die roten Digitalzahlen entgegen. Auf dem Couchtisch stehen sechs leere Red-Bull-Dosen. Der Dank geht an Sebis Workaholic-Eltern, die ihrem Sohn vor ihrer Dienstreise einen vollen Kühlschrank hinterlassen haben. Erst immer sagen, wir seien noch zu jung für ungesunde Energydrinks, dann aber offensichtlich doch zu faul sein, um sie irgendwo zu verstecken.

»Josh, ich denke, wir haben es.« Sebi sieht mich müde, aber zufrieden an. In den vergangenen Stunden hat er aus den Videos auf meinem Channel ein Best-of geschnitten, für das andere YouTuber töten würden: perfekte Übergänge, ultrahoch auflösende Bilder, abgefahrene Drohnenaufnahmen aus der Luft, mit coolen Songs von Rita Ora und Capital Bra unterlegt. Ich halte den Ball hoch, ich passe, ich schieße, ich flanke, ich gewinne Zweikämpfe, ich komme richtig gut rüber.

Während er an seinem Mac gebastelt hat, habe ich plötzlich diese Idee in meinem Kopf gehabt. Und auf dem Laptop mein Motivationsschreiben getippt. Dafür, dass ich in Deutsch nur auf einer Vier stehe, ist es mir ziemlich gut gelungen. Erst hat man gar keinen Plan, was man schreiben soll – und auf einmal sprudeln die Wörter nur so aus einem heraus. So war es bei mir. Ich habe auf Deutsch geschrieben, dass Fußball mein Leben und das Camp mein Traum ist. Und ich für meinen Traum alles tun werde. Dann hab ich das Ganze bei wetranslate.com in das Textfeld eingefügt und für gerade mal zehn Euro innerhalb von wenigen Minuten übersetzen lassen. I love PayPal.

»Geile Idee mit dem Übersetzen. Ich klicke jetzt auf Senden, okay, Bro?«, fragt Sebi.

»Yes, schick los«, antworte ich.

Wir haben es echt getan.

Sebi und ich geben uns die Getto-Faust, und ohne was zu sagen, wissen wir genau, was der andere jetzt will: einfach nur noch schlafen.

Schon heute früh habe ich meiner Mum gesagt, dass ich bei Sebi penne. Ich strecke mich auf seiner Couch aus. Meine Augenlider sind noch schneller unten als Manuel Neuer bei einem seiner Hechtsprünge. Bevor ich einschlafe, fliegt mir ein Gedanke durch den Kopf:

Da bewerben sich sicher so viele gute Spieler, eigentlich habe ich keine Chance. Aber ich muss sie nutzen.

2 Der geheimnisvolle Umschlag

»Hallo, Erde an Josh!«

Ich sitze an unserem Küchentisch über meinen Schoko-Pops und sehe aus dem Augenwinkel, wie meine Mutter wild mit den Armen wedelt, um meine Aufmerksamkeit zu gewinnen.

»Den verschwommenen Rand um dein Smartphone herum nennt man übrigens Leben, mein Schatz.« Sie spült ihren benutzten Kaffeebecher aus und macht mir mit all ihren eiligen Bewegungen deutlich, dass sie spät dran ist an diesem Morgen. Eigentlich ist sie morgens immer spät dran, die Vorliebe für Ausschlafen und die Snooze-Funktion am Smartphone muss ich von ihr geerbt haben.

»Ist ja gut, Mum.« Ich lege mein Smartphone auf den Tisch und leere das Glas O-Saft, das sie mir vorhin hingestellt hat, in einem Zug.

Seit der Camp-Bewerbung sind zwei Wochen vergangen, und ich checke seitdem öfter meine Mails, als sich Neymar in einem Spiel fallen lässt.

»Immer noch nichts?«, fragt meine Mutter, als könne sie Gedanken lesen. Ich schüttele enttäuscht den Kopf.

»Bis wann wollen sie dir denn Bescheid geben?«

»Auf der Website steht nur, ein paar Wochen vor Start des Camps.« Sie nickt, greift nach ihrer Handtasche und drückt mir einen Kuss auf die Stirn. »Ich drücke dir die Daumen. Die wären schön blöd, wenn sie dich nicht nehmen.«

Mein Vater ist wie jeden Tag als Erster aufgestanden und schon zur Arbeit gefahren. Er und meine Mutter haben echt cool reagiert, als ich ihnen von der Camp-Sache erzählt habe. Dass mein Englisch da ganz sicher viel besser werde, dass das eine Erfahrung für das Leben sei und mich reifen lasse und so weiter, meinten sie.

Ich blicke auf die Küchenuhr – noch 20 Minuten, bis ich losmuss. Ich nutze die Zeit für ein paar Insta-Storys, in denen ich meinen Followern meine Meinung zur aktuellen Sturmkrise des FC Bayern erkläre. Seit vier Spielen ohne Tor – unfassbar! Danach checke ich die Klickzahlen meiner Social-Media-Accounts, notiere ein paar Ideen für die Videos der nächsten Tage und zappe noch eben kurz durch die Sportnachrichten.

Dann schwinge ich mich auf mein Mountainbike und sitze eine Viertelstunde später neben Sebi im Matheunterricht bei Frau Weidenroch. Sie trägt wie immer so eine rote Jack-Wolfskin-Outdoorjacke, als wäre sie eine Wanderführerin und keine Lehrerin einer neunten Klasse, und ihre quietschige Stimme schmerzt in den Ohren.

»Sooo, kommen wir zu den Aufgaben für die heutige Doppelstunde.« Die alte Weidenroch dreht sich zum Smartboard an der Wand und ruft Formeln und Aufgaben zu Prozentsätzen auf. Aus den Stuhlreihen um uns herum ist ein kollektives Stöhnen zu hören.

Ich schau zu Sebi rüber, der die Augenbraue hochzieht und grinst. »Der Moment, wenn deine Lehrerin deinen Start in den Tag komplett zerstört«, flüstert er mir zu, und wir holen lachend unsere Hefte raus.

Smartphones sind im Unterricht verboten, weshalb ich meines unter dem Tisch halte, um den Online-Prozentrechner aufzurufen. Meine Mail-App ist von vorhin noch geöffnet, und als ich mein Phone mit dem vierstelligen Code entsperre, aktualisiert sich die Übersicht. Eine neue, ungelesene Nachricht springt mir ins Gesicht:

Von: office@elite-soccer-camp.com
An: josh@kickitlikejosh.de
Datum: Donnerstag, 7. Juni
Uhrzeit: 22:51 Uhr (Zeitzone USA-Westküste)
Betreff: Your application for the Elite-Soccer-Camp

Mein Herz beginnt zu rasen und mein Bauch fühlt sich an, als würden irgendwelche kleinen Wesen darin Purzelbäume schlagen. Meine Finger zittern, als ich mit meinem Zeigefinger auf die Mail gleite, um sie zu öffnen.

Wahrscheinlich sollte ich sie in Ruhe in der Pause lesen.

Wahrscheinlich sollte ich mich jetzt auf den Unterricht konzentrieren.

Wahrscheinlich ist es eine Absage.

Wahrscheinlich müsste ich wissen, was application *auf Deutsch heißt.*

Die Gedanken schießen durch meinen Kopf wie Raketen an Silvester durch den Himmel. Ich komme mir vor, als würde ich mir selbst von oben zusehen, aus einer Art Vogelperspektive. Wie auf Autopilot öffne ich die Mail und spüre, wie die Härchen auf meinen Unterarmen die La-Ola-Welle starten. Ich lese, so schnell ich kann, verschlinge jede Zeile und übersetze in meinem Kopf, so gut es geht, von Englisch auf Deutsch.

»… Vielen Dank für Ihre Bewerbung …«

»… freuen uns sehr über das Interesse aus Deutschland an unserem Camp …«

»… Ihre Leidenschaft für den Fußball ist in jeder Ihrer Zeilen und in Ihrem Video zu spüren …«

Alter, kommt zum Punkt, Mann!

Meine Augen rasen weiter durch den Text. Und da, nach dem dritten Absatz, steht es:

»… freuen uns Ihnen nach unserer Sitzung am heutigen Abend mitteilen zu können, dass wir uns für Sie entschieden haben. Herzlichen Glückwunsch, Sie gehören zu den Teilnehmern des Elite-Soccer-Camps!«

Kurz habe ich das Gefühl, dass ich vom Stuhl falle. Meine Hände verkrampfen sich am Smartphone. Ich versuche, ruhiger zu atmen, schließe für eine Sekunde die Augen und blicke dann wieder auf das Display, um die letzten Zeilen noch mal zu lesen.

Josh, das steht da wirklich! Das ist kein Traum!

Ich balle meine Hand zur Faust und boxe Sebi seitlich in den Oberarm. Ihm fällt der Stift aus der Hand und er sieht mich völlig verdutzt an.

»Bro, das Camp, Mann! Sie nehmen mich, sie haben sich für mich entschieden! Die haben eben gemailt.«

»Neee! Du verarscht mich, oder?«

Ich schüttele den Kopf und grinse meinem besten Freund einfach nur in sein erstauntes Gesicht.

»MEGA!!!«, brüllt Sebi. Er ist sonst immer völlig ruhig, doch meine Euphorie schwappt auf ihn über und nimmt ihm gerade offensichtlich komplett das Gefühl für eine angemessene Lautstärke.

»Hallo, was ist dahinten los? Ruhe bitte«, ruft Frau Weidenroch mit strengem Blick.

Was soll schon los sein? Ich bin bald in fucking L.A.!

»Joshua, konzentrieren Sie sich jetzt wieder?«

Die Weidenroch regt mich so auf. Nicht einmal meine Mutter nennt mich Joshua, seit ich klein bin, nennen mich alle nur Josh.

»Klar, Entschuldigung! Bin jetzt wieder voll dabei«, sage ich, hebe bedauernd die Hand und tue so, als würde ich mich voll in mein Matheheft vertiefen.

Tatsächlich kann ich aber nur noch an das Camp denken.

Als mittags endlich der letzte Gong ertönt, schwingen Sebi und ich uns auf unsere Bikes. Der Weg vom Gymnasium Niendorf nach Hause führt uns zuerst bei Sebi vorbei, zu mir sind es von da nur noch zwei Minuten. Doch ich will heute noch nicht nach Hause. Kein Bock, nach dieser unglaublichen Nachricht allein abzuhängen.

»Diggy, wir müssen meine Zusage feiern. Fahr mir nach!«, rufe ich Sebi zu, überhole ihn mit meinem Rad und schraube im freihändigen Fahren mein Smartphone in meinen Selfiestick. Ich muss jetzt einfach live auf Insta zu meinen Followern sprechen.

»Yo Leute, was geht ab?! Heute ist ein krasser Tag, an dem etwas ganz Besonderes passiert ist. Und zwar: Ich hab eine Zusage für das Elite-Soccer-Camp in L.A. bekommen! In ein paar Wochen geht's los! Das ist eine Art Feriencamp für Fußballtalente aus der ganzen Welt. Hat sich so ein Milliardär ausgedacht, richtig cool. Einen Monat lang werden wir da von Profis trainiert. Und ich nehme euch, meine liebe Community, natürlich mit dorthin und werde euch von dort mit coolen Storys und Videos versorgen. Von der Bewerbung habe ich euch bislang nichts erzählt, weil ich erst mal abwarten wollte, ob es was wird. Jetzt ist alles safe, und ich bin echt total happy. Was sagst du dazu, Sebi?!«

Ich drehe die Kamera auf Sebi, der etwas unbeholfen in die Linse grinst.

»Ich sage dazu nur: King!«

Wir lachen beide, und einige Hundert Meter hinter Sebis Haus biege ich in eine Querstraße ein und steuere auf *Die Hamburgerei* zu, unseren liebsten Burgerladen.

»Okay Leute, ich lade Sebi jetzt auf einen Triple-Bacon-Burger mit Gorgonzola und Avocado und Süßkartoffel-Pommes ein. Bestes Essen! Euch einen schönen Tag. Beim nächsten Livevideo habe ich auch wieder mehr Zeit und werde alle eure Fragen beantworten. Haut rein!«

Vier Wochen später

Kurz vor dem Körperscanner drehe ich mich um. Meine Eltern haben mich zum Flughafen gefahren, Sebi ist auch mitgekommen, und jetzt stehen die drei hinter der Absperrung vom Sicherheitsbereich und winken mir hinterher. Ich sehe, wie Mama versucht eine Träne zu unterdrücken, die ihr dann aber doch über die Wange läuft. Nachdem ich mein iPad aus dem Rucksack geholt und in die Plastikschale auf das Laufband des Handgepäck-Scanners gelegt habe, winke ich ihnen zurück und forme mit meinen Lippen die Worte *Bis bald*.

»Flüssigkeiten über hundert Milliliter dabei? Noch irgendetwas in den Hosentaschen?«, fragt mich der Flughafenmitarbeiter und reicht mir eine Plastikwanne für meine Sachen. Ich durchwühle meine Taschen und schmeiße alles rein.

Plötzlich spüre ich, wie sehr ich Sebi und meine Mum und meinen Dad vermissen werde. Noch nie war ich allein länger als ein paar Tage am Stück unterwegs. Und in den USA war ich auch noch nicht. Es fühlt sich ein bisschen an wie im Freibad auf dem Zehnmeterturm: Unten denkst du gar nicht nach, freust dich einfach auf das, was kommt, und gehst hoch. Doch wenn du dann an der Kante stehst, erkennst du, was jetzt eigentlich vor dir liegt.

Nach dem überstandenen Sicherheits-Check gehe ich in Richtung der Gates, und als die drei aus meinem Blickfeld verschwinden, spüre ich ein Stechen im Herz. Es hört sofort auf, als mein Phone vibriert und meine Airline-App eine Push-up-Nachricht aufblinken lässt:

Joshua Beck

Sie haben soeben ein Upgrade erhalten von:

Economy Class

auf

First Class

Wie krass! Warum das jetzt?

Die First Class kenne ich nur aus Filmen, wenn die Stars vorne einsteigen und ihnen Stewardessen mit Topmodelfiguren Champagner und Kaviar servieren.

Am Gate angekommen stelle ich mich in die Reihe vor dem Gerät an, auf dem man seine Bordkarte einlesen lassen muss. Als ich dran bin und mein Handy mit der digitalen Bordkarte auf den Scanner lege, lächelt mich die Airline-Mitarbeiterin freundlich an.

»Guten Morgen, Herr Beck. Mein Name ist Tanja, und ich bin heute Ihre persönliche Flugbegleiterin. Ich sehe hier auf meinem Display, dass Sie in der First Class mit uns reisen. Auf dem Rückflug können Sie gerne diese Reihe nehmen.« Sie zeigt auf einen Scanner, an dem die Schlange viel kürzer ist. »Die Firma Titan, die Ihre Reise gebucht hat, hat Sie eben noch in die First Class upgegradet. Da hat wohl jemand online gesehen, dass wir in diesem Bereich des Flugzeugs nicht ausgebucht sind, und wollte Ihnen etwas Gutes tun.« Ihr Strahlen entblößt atemberaubend weiße Zähne.

»Gern bringe ich Sie zu Ihrem Platz. Darf ich Ihnen Ihr Handgepäck abnehmen?« Tanja streckt mir erwartungsvoll ihren Arm aus, und ich gebe ihr meinen Rucksack. Wegen ihres »Sie« fühle ich mich voll alt.

»Vielen Dank«, sage ich leise und versuche vergeblich zu überspielen, dass mich das alles hier ziemlich beeindruckt. Ich spüre, wie ich total große Augen bekomme, weil ich das gerade einfach nicht fassen kann. Tanja führt mich durch die Gangway zum First-Class-Einstieg, ganz vorn im Flugzeug.

»Hier vorne ist Ihr Platz, gleich in der zweiten Reihe«, sagt sie. Ich stehe wie erstarrt im Gang und lasse fassungslos den Blick durch die First Class schweifen.

Das ist der Wahnsinn!

Mein Sitznachbar ist mindestens vier Meter von mir entfernt, sodass ich unfassbar viel Platz habe. Durch die Lautsprecher klingt leise elegante Klaviermusik, und einer Frau in der Reihe hinter mir bringt eine andere hübsche Stewardess gerade eine Schale Macadamianüsse und eine Decke. Aus den Düsen über mir strömt ein edler Blumenduft.

»Sie können Ihren Sitz in ein zwei Meter langes Bett mit Wohlfühlmatratze ausfahren, und unsere kuscheligen Decken sind klimareguliert. Das funktioniert alles über dieses Smartpad hier«, sagt Tanja und wischt mit ihren perfekt manikürten Fingern über das Menü, um mir alle Funktionen des Bettes zu zeigen.

»Und unser Entertainmentsystem ist gerade als bestes weltweit ausgezeichnet worden. Mögen Sie Fußball?«

»Sehr sogar«, antworte ich ihr lächelnd.

»Dann wird Ihnen unsere Sammlung der besten Spiele aller Zeiten gefallen. Sie können über hundert Partien aus der Champions League und den Weltmeisterschaften abrufen. Und die neuesten Kinofilme haben wir auch für Sie.«

Tanja sieht mir ganz klar an, dass ich total geflasht und von all den Möglichkeiten fast überfordert bin. »Ich lasse Sie jetzt allein, machen Sie es sich bequem. Nur eine Sache noch, Moment.« Sie verschwindet kurz hinter einem Vorhang, der das Cockpit und den Bereich der Stewardessen von der First Class trennt, und kommt mit einem goldenen Umschlag in den Händen zurück.

»Den soll ich Ihnen überreichen, mit den besten Grüßen von Mr Morisson.«

Ich lehne mich in meinem kinomäßigen Sessel zurück, öffne den Umschlag und ziehe ein Stück glänzendes Papier heraus, auf dem das Logo des Elite-Soccer-Camps gedruckt ist. Ich lasse mir von Tanja eine Coke Zero bringen, dann fange ich an zu lesen.

Lieber Josh,
ich hoffe, du hast es dir bereits bequem gemacht. Ich freue mich sehr, dass du jetzt auf dem Weg zu uns bist. Vor dir liegt eine spannende Zeit. Eine anstrengende Zeit. Deshalb wollen wir, dass du entspannt und fit bei uns ankommst. Wir haben versucht, dir die lange und weite Reise so angenehm wie möglich zu gestalten.
Wenn du diesen Brief in deinen Händen hältst, sollte das mit dem Upgrade für deinen Flug ja geklappt haben – das habe ich unserem Büro noch aufgetragen. Ich habe dich direkt auf die Warteliste für die First Class setzen lassen, als ich erfuhr, dass unser Büro für dich zunächst nur Economy gebucht hatte.
All der Komfort, der dich in den nächsten Stunden und Wochen erwartet, dient einzig und allein einem Ziel: Du sollst in unserem Camp alles geben. Wir bieten dir und den anderen Camp-Teilnehmern sehr viel. Und erwarten nur eines: euren vollen Einsatz.
Für mich ist es zur guten Tradition geworden, jedem Teilnehmer einen persönlichen Brief zu schreiben. Deinen habe ich mithilfe eines Übersetzers auf Deutsch formuliert, das war mir wichtig.
Deutsche Fußballer haben bei uns in den USA einen großartigen Ruf. Ich denke sofort an Lothar Matthäus, Philipp Lahm, Bastian Schweinsteiger, Manuel Neuer, Leon Goretzka und Serge Gnabry.

Meine Bitte, lieber Josh: Bring die Tugenden des deutschen Fußballs, so gut es geht, bei uns ein!
Wir zählen auf dich.
Ich freue mich, dich bald in L.A. persönlich kennenzulernen.

Herzliche Grüße
Jack Morisson

Hätte mir jemand vor ein paar Wochen erzählt, dass mir ein Milliardär einen Brief schreiben wird, hätte ich demjenigen empfohlen, dringend Fieber zu messen. Im Umschlag entdecke ich eine weitere Seite, die ich sofort überfliege. Sie enthält alle Informationen zum Ablauf nach der Landung in L.A. Ich soll am Ankunftsgate nach jemandem Ausschau halten, der ein Schild mit dem Camp-Logo hochhält. Ich blicke aus dem Fenster auf eine unendlich erscheinende Wolkendecke, die von der Sonne angestrahlt wird.

Wenn allein die Reise zum Camp schon so anfängt – wie geil muss dann bitte erst das Camp werden?

3 Ist das hier das Paradies?

Nach zwölf Stunden Flug, die ich mit dem Anschauen der Champions-League-Finals der vergangenen Jahre ziemlich gut rumbekommen habe, betrete ich die Ankunftshalle des Flughafens. Den Airport hier habe ich mir irgendwie viel moderner vorgestellt. Es gibt zwar einen Starbucks und freies WLAN, aber das Terminal selbst ist voll abgeranzt.

Ich ziehe meinen Koffer vom Gepäckband und entdecke am Ausgang sofort einen schwarzhaarigen Mann im dunkelblauen Trainingsanzug mit eingesticktem Camp-Logo und einem Schild in den Händen. Als ich auf ihn zugehe, lächelt er und streckt mir die Hand entgegen.

»Du musst Josh sein. Hi, ich bin Craig, euer Teammanager im Camp. Herzlich willkommen in Kalifornien.« Craig ist braun gebrannt und wirkt in seinen weißen Sneakern total jung und sympathisch, er dürfte nicht älter als 25 sein. Sein Englisch klingt so krass amerikanisch, er lässt zwischen den Wörtern kaum eine Pause. Doch ich verstehe ihn echt gut – YouTube sei Dank! Dort sehe ich mir immer die Videos der großen US-Channels an, schließlich muss ich ja wissen, was die Konkurrenz so macht. Das hat mir echt geholfen, den Ami-Slang besser zu verstehen.

Craig fragt mich, ob ich einen guten Flug hatte, und reicht mir eine Plastikflasche mit Wasser und einen Proteinriegel. »Für den ersten Hunger und Durst. Ich fahre dich jetzt in eure Unterkunft, dort wirst du die anderen Camp-Teilnehmer kennenlernen. Wir haben für euch am Abend ein tolles Barbecue geplant, da kannst du dich schon drauf freuen. Ich mache die besten Steaks der Westküste.« Craig klopft sich auf die Schulter, formt mit den Fingern ein Perfekt-Zeichen. »Für die würde ich alles tun.« Wir lachen.

»Wo werden wir Spieler denn eigentlich wohnen?«, frage ich ihn. In den Unterlagen ist lediglich von einer *hochmodernen Unterkunft* die Rede, und ich habe schon auf dem Flug überlegt, ob es sich wohl um ein Hotel, ein Apartment oder eine Art Sportinternat handelt.

»Lass dich überraschen!«, sagt Craig, als wir über den mit Palmen gesäumten Platz vor dem Terminal ins Parkhaus gehen. Es ist brütend heiß, und ich ziehe mir meinen roten Lacoste-Hoodie aus. Im T-Shirt fühle ich mich viel besser. Plötzlich höre ich ein Piepen und sehe, wie die Lichter eines riesigen weißen Geländewagens vor uns blinken. Craig hat ihn per Klick bereits aus der Ferne geöffnet, hebt meinen silbernen Metallkoffer in den Kofferraum und deutet auf die Beifahrertür. »Let's go!«

Ich muss mich richtig auf den Ledersitz hieven, so hoch ist das Auto.

Was für ein abgefahrener Schlitten, Mann!

Craig startet den Motor, die Klimaanlage pustet mir angenehm kühle Luft entgegen und aus dem Bose-Soundsystem ballert Tygas Hit »Taste«. Der Beat dröhnt dermaßen, dass die Armaturen vibrieren. Craig dreht über einen Schalter an seinem Lenkrad die Musik leiser, als wir vom Flughafengelände rollen.

»Ich hoffe, du magst Hip-Hop.«

»Klar!«, antworte ich wie aus der Pistole geschossen.

»Gut. Denn hier in Kalifornien hören wir fast nur Rap«, sagt Craig, nickt mit dem Kopf und lacht.

Wir fahren auf einen riesigen Highway mit zehn Fahrspuren, die Sonne strahlt, und in der Ferne sehe ich riesige Hochhäuser in den Himmel ragen. Es sieht alles ganz anders aus als in Deutschland: die Gebäude, die Tankstellen, die Autos. Am Rande des Highways springen mir alle paar Meter riesige Pappaufsteller ins Auge. Darauf sind fette Werbungen gedruckt, die meisten für die neuesten HBO-Serien, Netflix-Produktionen oder Hollywood-Filme. Auf einem der Aufsteller prangt das Logo von Los Angeles Galaxy, darunter ein gigantisches Foto von der aktuellen Mannschaft.

Ich habe gelesen, dass Fußball in den USA immer beliebter wird und zum Football, Basketball und Baseball mehr und mehr aufschließt. Aber so was hatte ich nicht erwartet.

Ich sauge alles auf und spüre den Reflex, durch die Autoscheibe eine Insta-Story oder ein YouTube-Video zu drehen. Gleichzeitig aber merke ich von Sekunde zu Sekunde, wie sehr der lange Flug mich müde gemacht hat, und lasse mein Phone erst mal in meiner Hosentasche. Der fast leere Akku freut sich, denke ich mir.

»Ach so, eines habe ich eben noch vergessen zu erwähnen«, sagt Craig. »Wir holen auf dem Weg ins Camp noch jemanden ab.«

Craig blinkt rechts und nimmt die Abfahrt *Marina del Rey*, wie ich auf dem Highway-Schild lese.

»Und *wen* holen wir ab?«, frage ich.

»Einen der anderen Jungs, die es ins Camp geschafft haben«, sagt Craig und wischt über sein Smartphone, das er in eine Halterung an einem Lüftungsgitter der Klimaanlage gesteckt hat. Er ruft eine Liste mit Namen auf. »Er heißt … Sekunde …« Craig verengt die Augen und scannt die Datei nach dem Namen, den er sucht. »Hier! Sein Name ist Terry Walker. Er lebt hier in Marina del Rey und spielt für die Orange County Greens, das ist mit L.A. Galaxy der Club mit den besten Jugendteams hier in der Region. Der Junge hat wohl die kürzeste Anreise zum Camp«, sagt er.

Wir biegen in eine Straße voller kleiner, sonnenbeschienener Cafés und bunter Boutiquen ein, und nach einigen Minuten kommen wir an einem Jachthafen vorbei. Die weißen Segel der Boote sehen von Weitem wie kleine Fähnchen aus. Obwohl ich erst eine Stunde in L.A. bin, spüre und sehe ich bereits, wie facettenreich diese Stadt ist. Ich lasse das Beifahrerfenster runter und höre ein freudiges Quieken, das aus Richtung Hafen zu uns dringt.

»Was ist das denn?«, frage ich Craig.

»Das sind Seelöwen. Die leben hier überall und sonnen sich. Schau, da vorn!« Er zeigt auf eine Betonmauer am Hafen, auf der fünf der Tiere liegen und sich von links nach rechts wälzen. Seelöwen kannte ich bislang nur aus dem Fernsehen. »So wie die muss man es machen. Einfach das Leben genießen«, sagt Craig und grinst.

Zwei Kreuzungen weiter hält er vor einem weißen Apartmentblock in einer gepflegten Neubausiedlung an. Über der Eingangstür ist eine Kamera angebracht, deren Linse auf Craig schwingt; offenbar ist sie bewegungsgesteuert. Craig klingelt, drückt nach kurzem Warten die Haustür auf und kommt wenig später mit einem großen Jungen zurück. Er trägt schneeweiße Nikes und aufgerissene Jeans und kommt in wippendem Gang auf mich zu. Seine braunen Haare fallen ihm ins Gesicht, er sieht aus wie einer dieser typischen California-Boys aus den TV-Serien. Auf dem Weg zum Auto blickt er sich mehrfach nach links und rechts um und wirkt angespannt. Trotz seines coolen Looks hat er etwas Ruheloses an sich. Als ich zusehe, wie er immer näher kommt, fällt mir ein schwarzer Van mit abgedunkelten Seitenfenstern auf, der vor dem

Haus parkt. War da gerade eine Bewegung hinter dem Lenkrad? Ich kneife die Augen zusammen, um gegen die Sonne besser sehen zu können, aber ich kann trotzdem nicht erkennen, ob da jemand ist.

»So, darf ich vorstellen: Terry, das ist Josh. Josh, das ist Terry«, sagt Craig, als er meine Beifahrertür öffnet.

»Hi, alles klar?«, begrüßt mich Terry, und trotz seines US-Slangs verstehe ich ihn echt gut. Sein Lächeln erscheint mir etwas gequält. Jetzt, wo er direkt vor mir steht, sehe ich, dass er ein Tattoo am Hals trägt, das gar nicht zu seiner sonstigen, fast schon modelmäßigen Erscheinung passt. Es ist eine große Schildkröte, die ihre Flossen zum Schwimmen ausgestreckt hat. Als ich merke, dass ich seit Sekunden voll penetrant auf Terrys Tattoo starre, wende ich den Blick ab und konzentriere mich wieder auf das Gespräch. Englisch sprechen macht Spaß, auch wenn ich mir sicher bin, dass nicht jeder meiner Sätze grammatikalisch perfekt ist.

»An sich schon, aber ein bisschen aufgeregt. Bin megagespannt, wo wir wohnen und wie es im Camp so abgehen wird.«

Terry macht mit einem tiefen Ausatmen klar, wie erleichtert er ist, von meiner Anspannung zu hören. »Frag mich mal! Ich bin auch echt nervös«, sagt er. »Cool, dass ich nicht der Einzige hier ohne Nerven aus Stahl bin.« Jetzt ist sein Lachen total echt. Von Minute zu Minute taut er mehr auf.

Während der restlichen Fahrt gibt Terry sogar den Stadtführer. Er erklärt mir, dass wir gerade über den Washington Boulevard fahren. »Und jetzt biegen wir auf den Abbot Kinney Boulevard. Eine meiner liebsten Straßen in L.A. Hier gibt es die besten Donuts und richtig coole Bekleidungsgeschäfte. Und *Lemonade*, den besten Laden zum Mittagessen überhaupt.« Mein Blick springt hin und her, während sich Terry von der Rückbank zu mir nach vorn beugt und mit seinem Finger immer wieder auf einzelne Shops zeigt, die an unseren Fenstern vorbeifliegen.

»Bist du in L.A. geboren?«, frage ich ihn.

Terry nickt. Er erzählt mir von seinen Eltern, die in jungen Jahren aus Mexiko eingewandert sind. Sein Vater ist schon immer riesiger Fußballfan gewesen. »Die Mexikaner sind in Sachen Sport völlig fanatisch und leidenschaftlich.«

Er sieht gar nicht mexikanisch aus.

Terrys Haut ist viel heller, als ich mir einen Jungen mit Wurzeln in so einem sonnigen Land vorstelle. Kaum ist mir der Gedanke durch den Kopf geschossen, schiebe ich ihn beiseite. Manchmal denken wir alle so übertrieben in Klischees, denke ich mir. Als ob alle Mexikaner die gleiche Hautfarbe haben. Ich frage mich ja auch nicht, warum Terry nicht mit einem Tequila in der Hand und einem Sombrero auf dem Kopf durch die Gegend läuft.

»Fußball war schon immer mein Leben«, sagt Terry.

Seine Eltern haben ihn bereits im Alter von drei Jahren in einem kleinen Verein in Beverly Hills angemeldet, dem Teil von L.A., in dem er aufgewachsen ist. »Wir haben gleich in der Nähe vom Rodeo Drive gewohnt, einer der bekanntesten Straßen der Welt. Da haben alle berühmten Designer und Labels ihre Läden, sogar Louis Vuitton und Prada.« Terry strahlt beim Erzählen.

»Später sind wir dann nach Marina del Rey gezogen.«

»Hast du dich für das Camp beworben? Oder wurdest du ausgewählt?«, will ich wissen.

Von einer Sekunde auf die andere verliert er seine Euphorie, und darunter kommt etwas ganz anders zum Vorschein: Misstrauen vielleicht?

»Also ... Das war so, dass ...« Er ringt nach Worten, sein Blick wandert unsicher von links nach rechts.

Was ist mit ihm? Ist doch keine schwierige Frage, oder?

»Ich wurde ausgewählt«, sagt Terry schließlich. »Als der Brief kam, war ich total happy. Ich musste meine Eltern lange überreden, damit ich teilnehmen darf. Sie sind sehr ... sie machen sich viele Sorgen um mich.« Ich merke, wie sich Terry versteift. Die Ungezwungenheit ist wie verflogen. »Na ja, Eltern halt. Und wie war es bei dir?«

Ich will gerade mit Sebis und meiner Story vom DOM anfangen, als Craig uns unterbricht.

»Jungs, in einer Minute sind wir da.«

Die Straßen sind jetzt kleiner, und wir fahren an einem Kanal vorbei, an dem mehrere Häuser mit eigenen Bootsanlegern stehen.

»Ich war mit meinen Eltern letztes Jahr im Urlaub in Italien und einige Tage in Venedig. Da gab es auch so coole Kanäle. Die Farben der Häuser sind nice, voll bunt«, sage ich.

»Vieles hier hat Abbot Kinney bauen lassen«, antwortet Terry. »Erinnerst du dich an die coole Straße, durch die wir eben gefahren sind? Sie ist nach ihm benannt. Er wollte hier das Venedig von Amerika bauen. Das war vor hundert Jahren oder so. Und da vorn, ein paar Blocks weiter, ist das legendäre Gold's Gym. Da hat früher sogar Arnold Schwarzenegger trainiert, ein irres Fitness-Studio.«

Ich bin beeindruckt von Terrys Wissen. Über meine geliebte Heimatstadt Hamburg weiß ich im Vergleich nicht annähernd so viel. Die Sonne lässt den Kanal wunderbar glitzern und unser Geländewagen rollt über eine schmale Brücke. Zwischen den Häuserreihen kann ich schon den Strand sehen. Craig wird immer langsamer und hält vor einer weißen Villa. Sie muss erst vor kurzer Zeit fertig gebaut worden sein, die Wände sind noch weißer als das Lächeln der Hollywood-Schönheiten auf den Pappaufstellern am Highway vorhin. Die Mischung aus Naturstein und viel Glas ist modernste Architektur, das erkenne sogar ich auf den ersten Blick, und ich interessiere mich so gar nicht für Architektur. Auf der Dachterrasse sind dunkelgraue Lounge-Möbel zu erahnen, und umgeben ist das Haus von einer rund zwei Meter hohen Hecke und einer kleinen Mauer.

Aus dem Handschuhfach kramt Craig eine Fernbedienung, mit der er das Tor zur Einfahrt öffnet, und parkt vor dem Haus.

Ich blicke mit offenem Mund auf die Villa, und Terry und mir entfährt gleichzeitig ein »WOW!«. Craig lacht. »Ja, mir gefällt es auch. Für die Zeit des Camps wohne ich ebenfalls hier. Einer muss auf euch wilde Horde ja ein bisschen aufpassen.« Er lacht erneut. Craig lacht echt oft, das scheint hier in Kalifornien typisch zu sein. Gefällt mir.

Wir holen unsere Sachen aus dem Kofferraum und folgen Craig zur riesigen Eingangstür, die von zwei weißen Löwen aus Stein bewacht wird. Sie hat kein normales Schloss: Craig hält eine Plastikkarte im Kreditkartenformat an einen kleinen Kasten an der Wand, an dem ein grünes Licht zu leuchten beginnt, und zieht die Tür auf. »Sesam, öffne dich«, sagt er grinsend. »Nachher bekommt jeder Camp-Teilnehmer so eine Karte. Aber jetzt kommt erst mal rein.«

Das, was wir dann sehen, als Flur zu bezeichnen wäre maßlos untertrieben. Es ist vielmehr eine Lobby, von der aus mehrere Zimmer abgehen und an deren Ende sich ein riesiges Wohnzimmer mit offener Küche anschließt. Die Küche strahlt richtig, durch die vielen Fenster ist es total hell in dem Haus, der Parkettboden sieht so elegant aus, dass ich mich kaum traue einen Fuß darauf zu setzen.

»Kommt, Jungs, nur zu!«, sagt Craig aufmunternd zu Terry und mir. »Ist nicht zum Bestaunen alles hier, sondern zum Wohnen. Lasst uns den anderen Hallo sagen.«

Wir drei gehen ins Wohnzimmer, das voller Jungs ist. Drei von ihnen chillen auf einem gigantischen Sofa, das quasi das halbe Zimmer einnimmt. Als wir reinkommen, wenden sie zeitgleich ihre Blicke von einem überdimensionalen Fernseher ab, der an der Wand hängt und auf dem ein Fußballspiel läuft. Real gegen Barcelona – El Clásico. Das großartigste und packendste Fußball-Ligaspiel der Welt.

An der Bar in der offenen Küche sitzen zwei weitere Jungs, schaufeln sich aus weißen Schüsseln Obstsalat rein und sehen uns neugierig an.

»Okay Jungs, hört mal kurz her, bitte. Wir machen gleich ein kurzes Treffen mit euch hier unten. Das haben wir denen von euch, die ich bereits heute Morgen vom Flughafen abgeholt habe, ja schon gesagt. Euer Camp-Leiter Mitch möchte euch begrüßen und euch einige wichtige Punkte für die nächsten Wochen mit auf den Weg geben. Das hier sind Terry und Josh. Terry ist aus L.A., Josh aus Deutschland. Seid bitte so nett und zeigt ihnen schon mal ein wenig das Haus und die noch freien Betten, dann können sie sich aussuchen, wo sie schlafen wollen. Ich muss kurz telefonieren und Mitch in Empfang nehmen. Seid bitte in fünfzehn Minuten alle hier unten, dann legen wir pünktlich los. Okay?«

Alle nicken, und Craig verschwindet mit seinem Smartphone in der Hand im Garten. Die Jungs auf dem Sofa stehen auf und stellen sich nach und nach vor.

Ich habe nur übertriebene Probleme, mir Namen zu merken. Deswegen baue ich mir immer Eselsbrücken und gebe den Menschen in meinem Kopf Spitznamen.

Der Kleinste der drei reicht mir als Erstes die Hand. »Hi, ich bin Jin und komme aus China.«

Jin – wie Jim, nur mit n am Ende. Das kann ich mir merken.

Der nächste Junge hat so muskulöse Oberschenkel,

dass sogar seine weit geschnittene Shorts etwas spannt. »Hey, Gustav, aus Schweden.«

Gustav wie Gustav Gans. Easy.

Der Dritte ist groß und schlaksig. Bestimmt Torwart, denke ich mir. »Freut mich, mein Name ist Yanis. Ich bin auch erst vor ein paar Stunden angekommen, aus Frankreich.«

Yanis, der Lange.

Die drei wirken echt cool. Die beiden anderen an der Bar hingegen sehen uns ziemlich arrogant an – und machen überhaupt keine Anstalten, sich auch vorzustellen. Ich gebe Terry mit einem Blick zu verstehen, dass wir dann halt hingehen. Wir stellen uns vor, beim Shakehands stehen die beiden aber nicht mal auf.

»Jadon, ich bin aus England«, sagt der Junge, der mit seiner Afro-Frisur Leroy Sané ziemlich ähnlich sieht. Sein Tonfall ist total kühl. Er schaut immer wieder zu dem Typen neben sich, so als warte er auf eine Anweisung von ihm, wie er mit uns umgehen soll.

Sein Sitznachbar ist richtig klein und hat ein fettes Muttermal auf seiner Stirn. »Alessio, Italiener«, raunzt er. Dabei blickt er mit seinen verkniffenen schwarzen Augen an uns vorbei, zieht misstrauisch die Brauen hoch, dreht sich sofort wieder um und schaut auf sein Smartphone.

Es vergehen Sekunden eisigen Schweigens zwischen uns und den beiden. Plötzlich sind da diese dunklen Schwingungen im Raum, ich spüre förmlich die Spannung in der Luft. Dann kommt Gustav, der Schwede mit den Monster-Oberschenkeln, dazu. Er lächelt freundlich und zeigt in Richtung Eingangsbereich. »Kommt, ich führe euch mal ein bisschen rum.« Dankend nehmen wir sein Angebot an und folgen ihm in die Lobby.

»Insgesamt gibt es hier zehn Zimmer, wir teilen uns immer zu zweit eins, und eins ist ein Dreier-Zimmer. Hier unten sind fünf, oben auch noch mal fünf«, sagt er. »Zu den erwähnten Zimmern kommen noch ein Esszimmer, Craigs Zimmer, ein Abstellraum und ein Wäscheraum für unsere ganzen Fußballsachen.«

Wir blicken kurz in die Schlafzimmer, die alle sehr ähnlich eingerichtet sind, mit weißen Möbeln und Deko, die zum Leben am Meer passen. An den Wänden hängen Strandbilder, auf den Kommoden sind große Muscheln und hohe, mit Sand gefüllte Windlichter platziert. Die Betten sind mit hellblauer Wäsche bezogen. Gustav führt uns nach oben und spricht dabei weiter. »Unten und auch oben sind einige Zimmer noch komplett frei. Jedes hat ein eigenes Bad. Die Dachterrasse, das Wohnzimmer und die Küche sind für alle«, erklärt er uns. »Ach so, und das Spielzimmer auch. Das ist da vorn.« Gustav zeigt uns einen riesigen Raum am Ende der ersten Etage. In der Mitte steht ein Billard-Tisch, daneben ein Airhockey-Spiel und eine Videokonsole mit Rennfahrersitz und Lenkrad.

Dieses Haus hier muss Millionen gekostet haben! Das ist ja das reinste Paradies!

»Der Hammer! Lass uns nachher auf jeden Fall 'ne Runde zocken. Aber erst mal will ich meine Sachen auspacken. Nehmen wir gemeinsam ein Zimmer?« Ich sehe Terry erwartungsvoll an.

»Ja, klar! Am liebsten das eine von denen unten, zum Meer hin«, sagt Terry.

Als wir unsere Koffer in unser Zimmer stellen, realisiere ich erst, dass wir eine Terrasse haben. Vorhin habe ich das gar nicht gesehen, ich war viel zu geflasht von allem hier. Durch die Glastür blicke ich in einen kleinen Garten, in die um das Haus gezogene Mauer ist eine Tür eingebaut. Die Schlüsselkarten, von denen Craig gesprochen hat, liegen mittig auf unseren Kopfkissen. Auf der Bettdecke befinden sich ordentlich zusammengelegt ein brandneuer

Trainingsanzug, eine kurze Sporthose, Stutzen, Handtücher, Trainingsshirts, Schweißbänder und eine schwarze Sporttasche. Überall ist das Camp-Logo draufgedruckt.

Neugierig gehe ich mit Terry zur Gartentür und öffne sie mit der Karte. Nur ein schmaler Bürgersteig und ein Radweg trennen unser Haus vom weltberühmten Strand, von Venice Beach. Ein Mädchen in Jeans-Hotpants fährt auf einem pinken Beach-Cruiser vorbei, eines dieser Fahrräder mit riesigem gebogenen Lenker und überbreitem Sattel, die wie eine Harley-Davidson ohne Motor daherkommen. Der Wind lässt ihr Haar tanzen.

»Mehr geht nicht, Mann. Wir sind echt im Paradies.«

Ich sehe an Terrys Strahlen, dass er genauso den Ich-liebe-es-hier-schon-jetzt-Film! schiebt wie ich. »Lass mal ein Selfie machen. Unser erstes Foto als Zimmer-Buddies!« Ich halte mein Handy hoch und so weit weg von uns, wie ich kann, und wir grinsen in die Kamera. »Nice«, sagt Terry, als ich ihm das Ergebnis zeige. Doch plötzlich wirkt sein Gesichtsausdruck angespannt und sagt mir, dass etwas nicht stimmt.

»Alles okay?«, frage ich. »Willst du es auch posten? Ich kann dich auf jeden Fall verlinken. Ich habe in Deutschland einen Fußball-YouTube-Channel und da und bei Insta ziemlich viele Follower.«

Ich merke Terry an, dass ihn meine Frage irgendwie durcheinanderbringt. »Ähhm … Also das Ding ist … Bitte poste das auf keinen Fall. Das wäre …« Wir werden abrupt unterbrochen.

Im Haus sind plötzlich jede Menge Schritte zu hören, und Craig steht in der Tür und winkt uns ins Wohnzimmer.

Dort sitzen jetzt noch vier Jungs mehr, die eben noch nicht da waren, und in der Mitte steht ein kräftiger, glatzköpfiger Mann im weißen Polo-Shirt.

»Jetzt sind wir also elf und damit komplett«, flüstere ich

Terry ins Ohr. Wir setzen uns auf einen freien Teil des Sofas, und der Mann klatscht in die Hände und winkt uns allen kurz zu.

»Jungs, ganz herzlich willkommen. Ich bin Mitch McKenny und leite das Elite-Soccer-Camp. Und ich freue mich sehr, dass ihr alle da seid. Für euch beginnt jetzt das größte Abenteuer eures bisherigen Lebens. Unser Camp soll euch zu noch besseren Fußballern machen. Ihr könnt alle schon unheimlich viel, sonst wärt ihr nicht hier. Ihr habt alle den Traum, Profi zu werden. Dafür müsst ihr noch besser werden. Und dabei wollen wir euch helfen.« Mitch lässt seinen Blick durch die Runde wandern und hebt seinen Zeigefinger.

»Ich habe mit dem FC Chelsea bis zu meinem Karriereende vor fünf Jahren in der Champions League gespielt und war Teil der englischen Nationalelf bei drei Weltmeisterschaften. Ich will euch was von meiner Erfahrung weitergeben. Das Camp soll für euch eine tolle Zeit werden. Ihr sollt natürlich auch das Leben hier in Venice Beach genießen können – aber wie heißt es so schön: Erst die Arbeit, dann das Vergnügen. Das Training und alle Besprechungen müssen an erster Stelle stehen. Je mehr ihr investiert, desto mehr können wir euch zurückgeben.« Mitch gibt Craig ein Handzeichen, woraufhin der ihm eine Mappe reicht.

»Wir haben hier nicht viele Regeln. Aber die wenigen sind uns sehr wichtig, also haltet sie bitte *immer* ein.« Er zieht einen Stapel DIN-A4-Blätter aus der Mappe und reicht sie mir. »Hier, gib du die mal bitte weiter.«

Ich nehme mir den obersten Zettel weg und beginne zu lesen.

Camp-Regeln

- Wir essen immer gemeinsam: Frühstück 8 Uhr, Mittagessen 13 Uhr, Abendessen 19 Uhr
- Der Trainingsplan für den kommenden Tag kommt immer per WhatsApp – jeder sieht ihn sich am Abend an
- Um spätestens 23 Uhr ist jeder in der Villa
- Keine Mädchen im Haus
- Wer Alkohol trinkt oder Drogen nimmt, fliegt *sofort* nach Hause
- Wenn wir etwas posten, benutzen wir immer die Hashtags #Titan und #Elitesoccercamp
- Auch wenn wir für unterschiedliche Vereine spielen: Für die vier Wochen sind wir *ein* Team, in dem jeder alles für den anderen gibt. Wir gehen respektvoll miteinander um.

»Und hier ist noch eine Liste mit allen Camp-Teilnehmern und Craigs und meiner Handynummer.«

Name	**Nationalität**	**Alter**	**Position**
Gustav	Schweden	15	Stürmer
Mason	Australien	16	Verteidiger
Alessio	Italien	15	Mittelfeld
Jadon	England	15	Mittelfeld
Yanis	Frankreich	16	Torwart
Rodrigo	Portugal	15	Verteidiger
Luiz	Brasilien	16	Verteidiger
Jin	China	15	Verteidiger
Dave	Kanada	15	Stürmer
Joshua	Deutschland	15	Mittelfeld
Terry	USA	15	Mittelfeld

Coach Mitch: +1 (213) 973–5612
Teambetreuer Craig: +1 (213) 865–9427

»Okay Jungs, das soll es für heute gewesen sein. Es war ein anstrengender und teilweise langer Tag für euch. Morgen ist um zehn Uhr Training. Craig wird jetzt das Abendessen zubereiten, der restliche Abend steht euch zur freien Verfügung. Falls ihr noch Fragen habt, wendet euch an Craig, er wird hier mit euch wohnen und ist euer Ansprechpartner. Wir sehen uns morgen.«

Beim Abendessen sitzen wir alle an einem langen Tisch im Esszimmer. Craigs Steaks vom Grill auf der Dachterrasse sowie seine Hähnchenbrust in Mangochutney und mit Safranreis sind total lecker, als Nachspeise serviert er uns Vanille-Mochi-Eis. Nach dem Essen hängen Terry und ich noch ein bisschen mit den anderen Jungs rum. Beinahe jeder redet kurz mal mit jedem, auch diejenigen, die am Abend ankamen, sind total nett. Nur Alessio und Jadon machen komplett ihr eigenes Ding und bleiben in einer Ecke des Wohnzimmers unter sich.

Als Terry und ich am Ende dieses Wahnsinnstages in unseren Betten liegen, quatschen wir noch etwas, obwohl wir beide echt platt sind. Von draußen höre ich ein paar Möwen schreien. Mir fällt ein, dass ich Terry noch mal fragen wollte, warum ich unser Selfie nicht posten soll. Irgendwie war ihm das unangenehm. Frage ich lieber morgen. Die Müdigkeit packt mich immer mehr, die Bilder von diesem aufregenden Tag fliegen durch meinen Kopf.

»Ich habe irgendwie das Gefühl, dass dieser Alessio hier noch Ärger macht«, sage ich.

»Weißt du was?«, antwortet Terry. »Ich auch.«

4 Das coolste Mädchen der Welt

Als ich am nächsten Morgen aufwache, steht Terry mit nach oben gerichtetem Blick an unserer Terrassentür. Die Vorhänge hat er nur minimal aufgezogen, lediglich ein schmaler Streifen Sonnenlicht erhellt das Zimmer. Terry scheint den Rahmen der Tür mit seinen Augen ganz genau abzuscannen.

»Morgen«, sage ich und reibe mir den Schlaf aus den Augen. Ich habe schon, seit ich klein bin, einen unglaublich tiefen Schlaf – und bin in den ersten Minuten nach dem Aufwachen meist entsprechend gerädert. Es dauert immer, bis ich einigermaßen klarkomme.

Terry fährt erschrocken herum. Er sieht mich an, als würde er sich total ertappt fühlen. Wie ein Kind, das keine Schokolade essen soll und beim heimlichen Naschen unerwartet von seiner Mutter erwischt wird.

Was macht er da bloß an der Tür?

»Hi … Guten Morgen meine ich«, sagt Terry und wirkt immer noch so, als hätte ich ihn gerade mitten aus seinen Gedanken gerissen.

»Alles klar bei dir?«

»Jaja, alles gut, klar. Hab nur noch mal unseren Garten bewundert.« Er redet viel zu schnell, wandert jetzt durch den Raum und wirft seine Trainingssachen in die Tasche. »Gleich nach dem Frühstück ist Training«, wechselt er auffällig hektisch das Thema. »Was ziehst du an?«

Per WhatsApp ist der Trainingsplan gekommen, sehe ich beim Blick auf mein Phone. Gestern Abend habe ich meine Messages nicht mehr gecheckt, obwohl wir das immer machen sollen – ich hasse Regeln. *9.30 Uhr Treffen vor der Villa – in Laufschuhen* steht da. Terry und ich frühstücken mit den anderen Jungs und sind pünktlich vor dem Haus, wo Craig uns begrüßt.

»Okay Jungs, heute joggen wir zum Training. Mir nach«, ruft er und legt sofort ein ganz schön hohes Tempo vor. Wir laufen durch die schmalen Straßen, vorbei an wunderschönen kleinen Stadthäusern in Neonfarben und gigantischen Villen. Und kommen nach zehn Minuten an einem riesigen Trainingsgelände an. Vor uns erstrecken sich fünf perfekt gemähte Rasenplätze und zwei Kunstrasenfelder, dahinter liegt ein flaches Gebäude, durch dessen Fenster ein Fitnessbereich mit Laufbändern und Kraftgeräten zu sehen ist.

Im Mittelkreis des vordersten Trainingsplatzes steht Mitch in Trainingskleidung, um ihn herum viele Hütchen und kleine Tore, etwa so groß wie Eishockey-Tore. Er holt uns alle mit einer Armbewegung heran, woraufhin wir einen Halbkreis um ihn bilden.

»Guten Morgen, Jungs! Ich hoffe, ihr habt in eurer ersten Nacht hier gut geschlafen, denn wir haben einiges vor. Am Ende unseres Camps, also in vier Wochen, werden wir ein Abschlussspiel gegen die U16 von Los Angeles Galaxy bestreiten. Diese Mannschaft ist eines der besten Jugendteams der Welt, sie wird von David Beckham trainiert. Wir werden Außenseiter sein – aber das ist kein Grund, nicht alles zu geben. Im Gegenteil. Das Spiel wird per Livestream weltweit übertragen, es kommen viele Talentscouts, einige von den größten Clubs der Welt. Wer in dem Spiel überzeugt, dem stehen alle Türen offen. Also: Gebt in jedem Training alles!«

Terry tickt mich von der Seite an. »Das mit dem Spiel am Ende des Camps ist der Hammer«, flüstert er mir zu. Ich nicke, dann hören wir weiter Mitch zu.

»Heute beginnen wir mit einem kleinen Trainingsturnier. Bildet vier Teams mit je zwei Spielern und ein Dreier-Team, das dann im Wechsel immer einen Spieler an ein anderes Team abgibt. So hat jedes Team mal ein Spiel in Überzahl und nicht immer nur dasselbe. Wir machen immer zwei Spiele parallel, ein Team hat also immer Pause. Danach üben wir das Verschieben bei gegnerischem Ballbesitz und das Pressing auf den Flügeln.«

Im Trainingsturnier geht es sofort zur Sache. Mitch hat erkannt, dass Terry und ich uns echt gut verstehen, und uns in ein Team eingeteilt, im ersten Fünf-Minuten-Match treffen wir auf Alessio und Jadon.

Bei meinem Hamburger Verein Niendorf spiele ich immer im rechten Mittelfeld, und auch hier versuche ich, über den Flügel meine Schnelligkeit auszuspielen. Terry und ich harmonieren perfekt, als würden wir schon ewig zusammen kicken. Er hat ein super Auge für die freien Räume und spielt seine Pässe genau dorthin, wo ich sie brauche. Ein echter Spielgestalter, der mich von seiner Spielart und Körperhaltung an Toni Kroos von Real Madrid erinnert. Er ist definitiv der beste unter vielen guten Spielern hier. An den ehrfurchtsvollen Blicken der anderen erkenne ich, dass ich nicht als Einziger bereits nach wenigen Minuten Training zu diesem Schluss gekommen bin.

Nach Terrys Vorlagen brauche ich nur noch im Rücken von Jadon zu laufen und einzunetzen, bald steht es 3:0 für uns. Im Fußball merkt man schnell, mit wem man sich quasi blind versteht. Und bei Terry und mir ist das so. Das hat mich an dem Sport schon immer fasziniert: Spieler, die sich noch nie vorher gesehen haben, können perfekt miteinander harmonieren. Als gäbe es zwischen ihnen ein unsichtbares Band, eine Verbindung. Weil sie dieselbe

Sicht auf das Spiel haben, weil sie das Spiel auf eine ähnliche Art lesen, weil sie dieselbe Art von Fußball lieben. Denselben Stil zu spielen, dieselbe taktische Ausrichtung. Fußball ist mehr als nur ein Spiel. Es ist eine Art, sich auszudrücken. Und an diesem Vormittag wird mir klar, dass Terry und ich auf dem Spielfeld total ähnlich ticken.

»Noch eine Minute!«, ruft Mitch. Terry dribbelt auf das Tor zu und will gerade zum Schuss ausholen, als Alessio von hinten voll in ihn reingrätscht, ohne auch nur die Chance, den Ball zu spielen. Terry knallt auf den Rasen und zieht vor Schmerz das Gesicht zusammen.

»EY! Bist du bescheuert, oder was?«, rufe ich und baue mich vor Alessio auf. Er lacht nur und zuckt mit den Schultern. »Ist halt kein Mädchensport hier.« Mitch, der während des gesamten Turniers den Schiedsrichter macht, unterbricht die Partie mit einem schrillen Pfiff aus seiner Trillerpfeife.

»Jungs, beruhigt euch. Alessio, solche Fouls will ich hier nicht mehr sehen, verstanden?« Alessio nickt scheinheilig und gibt dem auf dem Rasen liegenden Terry zur Entschuldigung einen Alibi-Klaps auf den Rücken. Craig versorgt Terry mit Eisspray. Zum Glück hat es ihn nicht so hart erwischt, Terry kann nach einer kurzen Pause weiterspielen.

»Geht's bei dir?«, frage ich.

»Ja Mann, danke dir. Gut zu wissen, dass es hier jemanden gibt, der keine Angst vor Alessio hat und hinter einem steht.« Terry hält mir seine offene Hand entgegen und wir klatschen ab.

Immer, wenn wir Spielpause haben, sehen wir den anderen Teams zu. Mir fällt auf, dass Alessio ähnlich wie Terry spielt. Längst nicht so präzise, aber auch mit viel Übersicht. Für das Spiel am Ende des Camps dürften sie um dieselbe Position im zentralen Mittelfeld kämpfen, denke ich mir. In den meisten Mannschaften kann da nur einer spielen, je nach taktischem System. Terry erinnert mich von der Spielweise an Thiago vom FC Bayern, Alessio eher an Arturo Vidal, der beim FC Barcelona spielt. Terry ist noch schneller, wendiger, kreativer, offensiver.

Nach 90 Minuten beendet Mitch das erste Training, und ich bin echt platt. Craig zeigt uns den Weg zum Kraftraum im Hauptgebäude, wir sollen uns da noch zehn Minuten mit Blackrolls stretchen. »Ich lege euch jetzt frische Wechselsachen in die Kabine, und zurück geht es mit einem Bus, den wir gemietet haben. Er wird uns während der gesamten Camp-Zeit zur Verfügung stehen«, erklärt Craig.

Wir gehen nebeneinander einen schmalen Schotterweg voller Palmen gesäumt entlang Richtung Kraftraum. Auf der anderen Seite des Spielfeldes sehe ich aus der Ferne ein blondes Mädchen auf Mitch zukommen, der gerade die Hütchen und Tore einsammelt und in einem Schuppen verstaut. Sie trägt weiße Jeans-Hotpants sowie ein pinkes bauchfreies Oberteil und drückt Mitch zur Begrüßung einen Kuss auf die Wange, woraufhin sich beide umarmen.

»Sie gefällt dir, was?« Craig hat offensichtlich sofort erkannt, wie interessiert ich zu ihr rüberstarre. Ich merke, wie Hitze in mein Gesicht steigt und ich sofort rot werde.

»Da bist du nicht der Einzige. Soweit ich weiß, stehen hier in Venice alle Jungs auf sie.«

»Wer ist das denn? Was macht sie hier?«

»Das ist Lara«, antwortet Craig. »Mitchs Tochter. Sie ist für ihre fünfzehn Jahre eine richtig gute Surferin und kommt nach der Schule oder in Freistunden manchmal vorbei, die Highschool ist gleich um die Ecke. Ihre Mutter und Mitch leben getrennt, und Lara und Mitch haben ein sehr enges Verhältnis und gehen mittags oft gemeinsam essen. Sie ist ein tolles Mädchen.«

Mitch und seine Tochter gehen jetzt auch Richtung Hauptgebäude, und am Eingang stehen wir uns plötzlich gegenüber. Laras und mein Blick treffen sich. Irgendetwas ist da in ihren Augen, das mich vor Glück zusammenzucken lässt.

»Hey«, sagt sie, erst zu Craig, dann zu mir und Terry, und lächelt uns zaghaft an. Ihre grünen Augen strahlen in der Sonne. Sie geht ziemlich nah an uns vorbei und zieht einen herrlich süßen und frischen Duft hinter sich her.

Shit Mann, ich hingegen stinke bestimmt voll nach Schweiß, so krass wie ich eben im Training geschwitzt habe.

Lara und Mitch steigen in ein weißes Cabrio. Sie setzt sich eine Sonnenbrille auf, der Wind lässt ihre langen Haare wehen, als ihr Vater mit ihr vom Gelände fährt.

Und obwohl ihr Gesicht jetzt nicht mehr zu erkennen ist, habe ich das Gefühl, dass sie mich aus dem Augenwinkel ansieht.

Das zweite Training am Nachmittag ist zum Glück etwas lockerer, wir üben Pässe auf engem Raum und Freistöße, danach haben wir bis zum Abendessen frei.

»Hast du Bock, dass wir an den Strand gehen?«, fragt mich Terry, als wir zurück in unserem Zimmer sind.

»Klar, auf jeden Fall. Wird höchste Zeit, dass wir die Wassertemperatur abchecken«, antworte ich grinsend. Wir ziehen uns unsere Badehosen an, schnappen uns aus dem Wäscheraum zwei große Handtücher und gehen über die Uferpromenade runter zum Meer. Ich habe noch nie so einen breiten Strand gesehen, der Sand wärmt und kitzelt meine Füße. Wir legen uns ganz weit vorn hin, so nah an das Wasser wie möglich. Ich bin total geflasht davon, wie viele Menschen hier am Strand Sport machen. Neben uns verrenken einige Frauen ihre Körper zu Yoga-Figuren, vor uns joggen Männer mit Footballer-Figuren oberkörperfrei durch den Sand und im Wasser tummeln sich Kinder mit Bodyboards. Etwas weiter draußen auf dem Wasser surft ein Mädchen auf einer Welle. Sie geht in die Knie und gleitet über das Wasser, als wäre es das Leichteste der Welt. Es sieht einfach so unglaublich lässig aus, wie sie dahingleitet. Beinahe majestätisch. Irgendwann lässt der Wellengang nach, und die Surferin paddelt mit dem Bauch auf ihrem Board liegend an Land. Als sie aus dem Wasser steigt, erkenne ich sie. Es ist Lara, Mitchs Tochter. Sie wirft ihre nassen Haare zurück und klemmt sich ihr Board unter den Arm, die Wassertropfen perlen von ihrem schwarzen Neoprenanzug. Die Jogger mit ihren Muskelbergen gaffen ihr hinterher.

Ich kann nicht mehr anders, ich muss es einfach sagen.

»Ich finde die so hot.« Terry und ich grinsen uns an. »Das ist ja wohl das coolste Mädchen der Welt«, sage ich. Und kann meinen Blick von ihr gar nicht lösen. Ihre Bewegungen sind der perfekte Mix aus Power und Eleganz.

»Los, geh hin! Wer weiß, wann du die Chance noch mal bekommst.« Terry gibt mir einen leichten Klaps auf die Schulter.

Ich weiß genau, dass er recht hat. Mein Verstand sagt: Sag ihr einfach Hallo, was soll schon passieren? Doch ich bin wie blockiert, dieses Mädchen lässt meine Gedanken verrücktspielen. »Josh, Mann, gleich ist sie weg. Was ist denn los mit dir? Bei YouTube auf cool machen und hier am Strand voll schüchtern, oder was?« Terry boxt mir spaßhaft in die Seite.

Okay, das lasse ich nicht auf mir sitzen. Jetzt hat er mich. Ich springe auf und kreuze ganz zufällig Laras Weg, so dass sie mich direkt ansieht.

»Hey, haben wir uns nicht gestern im Camp gesehen?«, fragt sie. Dabei legt sie ihren Kopf zur Seite, greift ihre langen Haare und drückt mit den Händen das Wasser heraus.

Sie erinnert sich an mich! Jackpot!

Gott sei Dank, dass sie zuerst was sagt. Beim Ansprechen hätte ich mich bestimmt voll verhaspelt.

»Ja genau. Ich bin Josh, aus Deutschland. Ich bin mit meinem Kumpel Terry hier, er sitzt da vorn.« Ich mache eine unbeholfene Bewegung mit dem Arm in seine Richtung, und Terry winkt uns breit grinsend zu. »Ähm ... Ich wollte fragen ... Also, ob du mir die Tage vielleicht mal ein bisschen Venice zeigen magst. Wäre ganz cool, ein bisschen was von der Stadt zu sehen.« Ich bin von meinem Mut selbst überrascht, die Worte sind einfach so aus meinem Mund gepurzelt.

Ob sie meinen deutschen Akzent peinlich findet?

Lara schaut mich regungslos an. Meine Stimmung ändert sich schlagartig, ich komme mir jetzt vor wie ein Idiot. *Josh, Mann, die hat bestimmt ganz andere Typen am Start. Wieso fragst du sie überhaupt, so eine bescheuerte Idee. Das wird die Abfuhr deines Lebens!*

Plötzlich lächelt Lara. Es ist das schönste Lächeln, das ich je gesehen habe. »Klar, wieso nicht? Treffen wir uns morgen um zwanzig Uhr im Sidewalk Café? Ist direkt an der Strandpromenade, nur ein Stück von eurer Villa entfernt.« Ihr intensiver Blick bringt mich total durcheinander. Ich kann mich nicht erinnern, jemals in meinem Leben so von einem Menschen angesehen worden zu sein.

»Perfekt! Bis morgen«, kriege ich noch heraus. Beim Weggehen schaue ich verschüchtert auf den Sand.

In meinem Inneren steigt eine richtig fette Party.

Terry hat uns von unserer Chill-out-Lounge aus Handtüchern beobachtet und grinst mich an, als ich zurückkomme.

»Du bist ja doch ein richtiger Aufreißer. Von euch Deutschen können wir California-Boys wohl noch einiges lernen. Zumindest sah es von hier so aus, als wenn du Erfolg hattest.«

»Lief ganz gut, ja.« Ich kann mir ein Grinsen nicht verkneifen. Über uns zieht eine Gruppe Pelikane vorbei, das Meer rauscht und ich schmecke das Salz auf meinen Lippen.

So ist also L.A. Die Stadt der Engel.

Das WhatsApp-Geräusch lenkt meine Aufmerksamkeit von einer Sekunde auf die andere auf Terrys Handy, das auf dem Handtuch liegt. Ich sehe das Nachrichtensymbol auf dem Display, kann aber nicht erkennen, von wem sie ist. Von Terrys Hintergrundbild strahlt mich ein fröhliches Mädchen mit braunen Haaren und einer Halskette mit einem Seestern-Anhänger an. Sie hält eine kleine Schildkröte in den Armen. Als Terry bemerkt, dass ich auf das Phone schaue, zieht er es hektisch weg und schiebt es in seinen blauen Rucksack, der neben unseren Handtüchern liegt.

»Hast du eine Freundin?«

Terry schüttelt den Kopf und blickt auf das unendlich wirkende Meer.

»Warum nicht?«, frage ich.

Nachdenklich stützt er sich mit den Ellenbogen auf seine Knie und lässt Sand durch seine Finger gleiten. »Es gab mal ein Mädchen, das mir viel bedeutet hat.«

Ich merke, dass Terry nicht mehr sagen will. Aber ich kann jetzt nicht anders, die Neugier hat mich gepackt und ich muss nachhaken.

»Wie hieß sie?«

Er zögert. Ich spüre, wie er mit sich ringt und richtig unsicher ist, ob er mir antworten soll. Drei Sekunden Stille.

»Emily«. Es ist nur ein Wort, es sind nur sechs Buchstaben, es ist nur ein Name, und doch höre ich in seiner Stimme die Narben heraus, die dieser Name bei ihm hinterlassen hat.

»Ist sie das Mädchen auf deinem Handy-Hintergrund?«

»Ist doch egal«, zischt Terry. Er geht wieder auf Abstand, zieht sich zurück. Wie eine Schnecke, die sich kurz herausgewagt hat und sich nun wieder in ihrem Haus verkriecht. »Schnüffelst du auf meinem Handy rum, oder was?«

»Whooohh ... Nein, Mann. Hab sie nur durch Zufall gesehen. Ist alles okay bei dir?«

Er wendet sich ab. »Ach, scheiß einfach drauf. Lass uns mal zurück in die Villa, ich habe Hunger.«

Ich beschließe, nicht weiter auf dem Thema rumzureiten, und gehe mit Terry zurück. Als wir vor der Villa stehen und Terry seine Schlüsselkarte aus der Hosentasche kramt, bemerke ich am Fenster im ersten Stock Alessio. Sein Blick versenkt sich dunkel in meinem. Dann schwenken seine Augen zu Terry rüber. Ein paar Sekunden steht er so da. Dann zieht er ruckartig den Vorhang zu und verschwindet aus meinem Sichtfeld.

5 Hilf mir!

Ein heftiger Windstoß reißt mich aus dem Schlaf. Es ist stockdunkel in unserem Zimmer, und die weißen Vorhänge an der Terrassentür wehen hin und her.

Wieso ist die verdammte Tür offen?

Der Schlaf hat meine Augen total verklebt, ich taste nach meinem Phone auf dem Nachttisch. Das grelle Displaylicht schmerzt in meinen Augen. 3:44 Uhr.

»Terry?«, frage ich ins Dunkle. Nach einigen Sekunden haben sich meine Augen an die Finsternis gewöhnt. Und ich erkenne, dass Terrys Bett leer ist.

Wo treibt der sich mitten in der Nacht rum? Ich schäle mich aus meiner Bettdecke und gehe in Boxershorts auf die Terrasse. Alles ruhig. Der Himmel ist schwarz, die Spitzen der Hecken zittern im Wind. Irgendwo in der Ferne jault kurz ein Hund. Von Terry keine Spur.

Wahrscheinlich ist er nur kurz auf die Toilette am anderen Ende des Flurs gegangen. Aber wieso hat er die Tür zum Garten aufgemacht? Die Klimaanlage ist doch angeschaltet.

Ich will mich schon wieder umdrehen und zurück ins warme Bett gehen, als ich merke, dass irgendetwas anders ist. Ich lasse meinen Blick noch mal durch den Garten schweifen – und dann sehe ich es. Auf dem Rasen liegt Terrys weißer Nike. Ich hebe den Schuh auf. Und dann springt er mir ins Auge. Dieser dunkle Fleck. Er zieht sich über die ganze rechte Außenseite des Sneakers. Auf den weißen Schnürbändern sind lauter rote Punkte.

Das ist Blut!

Meine Gedanken rasen.

Was ist hier los? Wo ist Terry? Träume ich das gerade alles nur?

Plötzlich höre ich eine Autotür zuklappen und einen Motor starten.

Das muss vor unserer Auffahrt sein!

Mein Magen zieht sich zusammen, und obwohl die Nächte am Meer von der Temperatur her angenehm kühl sind, schießt mir der Schweiß aus den Poren auf der Stirn. Kalter Schweiß. Ich habe auf einmal so ein richtig übles Gefühl. Panik überrollt mich.

Von einem Impuls geleitet renne ich um das Haus. Barfuß glitsche ich über den Rasen, und als ich auf der Vorderseite unserer Villa ankomme, sehe ich gerade noch die Umrisse einer Gestalt, die über das verschlossene Tor der Auffahrt klettert. Ich sprinte an das Tor, um ebenfalls rüberzuklettern, rutsche aber mit den Händen ab und schaffe es erst im zweiten Versuch.

Als ich vom Tor auf die Straße springe, sehe ich ein schwarzes Auto mit abgedunkelten Scheiben davonrasen. Ich renne ihm nach, doch schon nach ein paar Metern merke ich, wie sinnlos das ist. Ich blicke dem Wagen hinterher. Am Ende der Straße leuchten seine Bremslichter auf, ich erkenne nur noch einen großen Kratzer am linken Kotflügel. Sieht aus wie ein Porsche Cayenne. Die S-Version, mit vier Auspuffen. Mein Traumauto.

Dann biegt der Wagen links ab und verschwindet in der Dunkelheit. Alles ist wieder ruhig. Es scheint mir, als würde diese Millionenstadt für einen Moment den Atem anhalten. Diese merkwürdige Stille erdrückt mich.

Zurück im Haus checke ich das Bad – leer. Die Küche – leer. Dann suche ich in unserem Zimmer nach Terrys Handy. Er hat es immer auf seinem Nachttisch liegen und lässt es über Nacht laden. Jetzt ist an dieser Stelle nur das Kabel zu sehen, das einsam aus der Steckdose hängt. Ich greife nach meinem Handy. Eine neue WhatsApp-Nachricht. Von Terry!

Hektisch drücke ich auf mein Phone.

Als ich die Nachricht lese, läuft es mir eiskalt den Rücken herunter.

Terry hat mir seinen Live-Standort geschickt.

Und zwei Worte dazugeschrieben.

Hilf mir!

Ich klicke auf seinen Standort. Zwei Kilometer entfernt, Richtung Nordwesten. Keine Ahnung, was da ist. Ich warte ein paar Sekunden. Der Punkt auf der Karte bewegt sich nicht.

Ich zögere keine Sekunde und wähle Terrys Nummer. Mein Puls explodiert beinahe.

»The person you have called is temporarily not ...«

Fuck, Mann!

Die Angst schnürt mir die Kehle zu, wie eine fette Würgeschlange.

Ich stürze die Treppen hinauf in den ersten Stock und hämmere an Craigs Tür. Nach einigen Sekunden macht er mir schlaftrunken auf.

»Craig, Terry ist weg! Ich glaube, er wurde entführt.«

Craig reibt sich die Augen. »Wie bitte? Wie kommst du darauf?« Ich erzähle ihm von der offenen Terrassentür, dem Sneaker mit dem Blut dran, dem davonrasenden Auto und der WhatsApp-Nachricht.

»Ach, Terry konnte sicher nur nicht schlafen und macht einen Spaziergang oder so. Und für den Schuh und die Nachricht gibt es sicher auch eine Erklärung. Vielleicht verarscht er dich ja auch nur«, versucht Craig mich zu beruhigen. »Oder er hat sich im Training verletzt und etwas von dem Blut ist später an seinem Schuh kleben geblieben.« An Craigs unsicherem Blick merke ich, dass er selbst nicht wirklich von seiner Theorie überzeugt ist. In seinen Pupillen flackert Nervosität auf. Schließlich geht er ins Zimmer, holt sein Handy, wirft sich einen Trainingsanzug über und ruft Mitch an. Während wir die Treppe runtergehen, berichtet er unserem Campleiter von Terrys Verschwinden.

»Okay, Mitch sagt, wir sollen die Umgebung nach Terry absuchen. Zieh dir was an. Und sei bitte leise, wir wollen die anderen Jungs nicht wecken.«

Wenig später suchen wir den gesamten Block um unser Haus ab. Die Straßen sind leer, einzig ein paar Obdachlose und Katzen streunen umher, zwei weiße Möwen picken Müll vom Gehweg. Die Straßenlaternen malen nur kleine Kreise auf den dunklen Asphalt.

Wir gehen auch runter zum Strand – nichts. Nach über einer Stunde geben wir auf. »Ich hoffe, Terry ist inzwischen zurück und schläft friedlich wie ein Baby in seinem Bett. Ansonsten ...«, sagt Craig und blickt mich sorgenvoll an, »... haben wir ein Problem.«

Zurück im Haus bestätigt sich meine Befürchtung: Terrys Bett ist immer noch leer. Craig verschwindet hektisch in seinem Zimmer, ich setze mich in die Küche und höre ihn oben telefonieren.

»Ich habe noch mal mit Mitch gesprochen«, sagt er, als er sich wenig später zu mir setzt. »Ich habe jetzt die Polizei gerufen.« Einige der Jungs sind durch die Unruhe im Haus inzwischen wach geworden und ich habe ihnen erklärt, was passiert ist. In ihren Gesichtern erkenne ich den Schock. Nur Alessio wirkt seltsam gleichgültig. Es klingelt an der Tür, und Craig kommt mit zwei Polizisten aus dem Flur ins Wohnzimmer. An ihren Gürteln kann ich ein Funkgerät und eine Pistole erkennen. Sie mustern jeden im Haus. Der Größere der beiden, ein Mann mit grauen Haaren und dickem Bizeps, hält eine durchsichtige Tüte mit Zip-Verschluss in der Hand, in der er Terrys blutigen Schuh verstaut hat. Der Kleinere schiebt einen massiven Bierbauch vor sich her und trägt einen furchtbaren Schnurrbart. Seine schwarzen Haare sehen strähnig und fettig aus. Der Große stellt sich als Officer Smith vor, der Kleine als Officer Lazar.

Nacheinander befragen sie uns: Ob Terry gestern anders drauf war als sonst, ob er Feinde hatte, ob er Heimweh hatte. Mich befragen die beiden besonders lang.

»Euer Campleiter Mitch sagt, du teilst dir mit Terry ein Zimmer«, sagt der kleine Lazar. Er hat eine feuchte Aussprache und Mundgeruch. Ich muss mich wirklich zusammenreißen, mich im Gespräch mit ihm nicht wegzudrehen. »Wir haben gerade bei seinen Eltern in Marina del Rey angerufen, dort ist er nicht. Sie haben uns berichtet, dass Terry ihnen vor seiner Abreise erzählt hat, er besuche eine Summer School. Sie waren dagegen, aber er hat sie dann doch überreden können. Von einem Fußball-Camp war nie die Rede. Er hat sie offenbar angelogen. Ich frage mich, warum. Hast du eine Ahnung, wo Terry hingegangen sein könnte?«

Ich mache ihm mit meinem Blick deutlich, wie schwachsinnig ich die Frage finde. »Er ist nirgends hingegangen. Ganz sicher nicht! Terry wollte hier im Camp weiter Vollgas geben, ihm hat es hier super gefallen.«

Ich denke an Terrys unsicheren Blick und sein Gestammel zurück, als ich ihn bei Craig im Auto fragte, ob er sich für das Camp beworben hat oder ausgewählt wurde. *Irgendetwas ist da faul …*

Der Bierbauch-Mundgeruch-Polizist legt mir die Hand

auf die Schulter. »Beruhig dich, Junge. In den meisten Fällen brauchen die Vermissten einfach mal etwas Ruhe und Zeit für sich und tauchen bald wieder auf.«

Jetzt regt er mich richtig auf!

»Und der Schuh, den Sie da in der Beweismitteltüte haben? Und die WhatsApp-Nachricht mit Standort, die er mir geschickt hat?« Meine Fingerspitzen kribbeln vor Sorge um Terry und vor Wut auf diesen ätzenden Bullen.

»Das werden wir in Ruhe prüfen«, sagt Officer Lazar. »Wir können Personen erst nach zweiundsiebzig Stunden als vermisst melden. So will es das Gesetz.«

Erst jetzt bemerke ich, wie still es in der Villa ist. Alle hören dem Officer und mir zu und beobachten, wie wir uns gegenüberstehen.

In diesem Moment kommt der große Polizist Smith aus unserem Zimmer und blickt seinen Kollegen sorgenvoll an. »Ich habe mir die Terrassentür angesehen. Sie wurde eindeutig aufgebrochen.«

6 Wer ist das Schildkröten-Girl?

In meinem Kopf herrscht Chaos. Ich sitze auf meinem Bett, mein Kinn auf die Hände gestützt. Ich fühle mich auf einmal unwohl in unserem Zimmer, das ich bis heute Nacht so gern mochte. Hier hat jemand Terry rausgeholt, das steht für mich fest. Ein richtig ekliges Gefühl, jetzt hier drinnen zu sein. Es ist so leer ohne Terry. Doch ich muss zum Nachdenken allein sein, und alle anderen Zimmer sind voll mit den Jungs. Wo kann Terry sein? Hat er einen Einbrecher auf frischer Tat ertappt, und der wollte keinen Zeugen und hat ... Ich traue mich nicht, den Satz zu Ende zu denken. Das darf einfach nicht sein.

Ein Klopfen holt mich aus meinem teuflischen Kopfkino. Bestimmt die Polizisten. Was wollen die jetzt noch?

»Ja, herein«, sage ich in genervtem Ton.

Und bin total überrascht, wer da im Türrahmen steht und den Kopf vorsichtig ins Zimmer beugt. Es ist Lara. Sie hat ihre Haare heute anders als gestern gestylt, diesmal sind sie zum Pferdeschwanz gebunden und sie trägt ein weißes Oversize-Sweatshirt, das ihre linke Schulter frei lässt. Ihre blonden Haare gehen ihr beinahe bis zum Hintern, einfach alles an ihr sieht so herrlich nach Sommer aus. Mit ihr weht ein warmer, blumiger Duft in mein Zimmer.

»Hey du«, sagt sie leise und lächelt sanft. Sie sieht mich teilnahmsvoll an, ihre Augen sind voller Wärme. Ihr Anblick überwältigt mich.

»Hey. Bist du gar nicht surfen?«

Sie schüttelt den Kopf. »Ich wollte eigentlich früh an

den Strand. Aber dann bekam Dad den Anruf von Craig und war völlig durch den Wind, da bin ich mit ihm hierhergekommen. Eigentlich sind Mädchen hier drinnen laut den Camp-Regeln verboten, ich weiß, aber heute ist halt nichts normal, und Dad hat eine Ausnahme gemacht. Ich sollte erst mal im Auto warten, weil das Haus mit euch und den Polizisten voll war. Eben hat er mir erzählt, dass die Polizei jetzt von einer Entführung ausgeht. Die beiden Officers haben jetzt noch die Hoffnung, Terrys Handy orten und ihn somit aufspüren zu können. Es tut mir so leid.«

Shit! Und die Entführer haben bestimmt Terrys Phone weggeworfen, damit sie niemand orten kann.

Lara setzt sich neben mich auf das Bett und sieht mich nachdenklich an. Offensichtlich ist mir anzusehen, wie sehr mich das alles mitnimmt, und Lara versucht mich aufzuheitern. »Aus unserem Rundgang durch Venice wird dann heute wohl nichts. Aber keine Angst, ich berechne keine Gebühr wegen kurzfristiger Absage. Ich bin da nicht so streng wie die Touristen-Guides am Santa Monica Pier.«

Ich lächele über ihren Joke und merke, wie gut es mir tut, dass Lara hier ist. Dieses Mädchen, das ich kaum kenne. Dieses Mädchen, das noch kleiner wirkt als gestern am Trainingsplatz und am Strand. Erst jetzt bemerke ich eine kleine Narbe auf der linken Wange, die leicht unter ihrem Make-up durchschimmert.

Woher hat sie die wohl? Von einem Unfall?

»Dad hat übrigens eben in der Lobby verkündet, dass die Trainings für heute gestrichen sind. Ihr sollt jetzt erst mal alle zur Ruhe kommen. Und Erscheinen beim Mittagessen ist heute ausnahmsweise auch nicht Pflicht.« Lara steht auf, nimmt meine Hand und zieht mich hoch. »Komm, wir gehen ein bisschen raus. Das wird dir guttun.«

Als sie merkt, wie ich zögere, gibt sie mir einen erneuten Ruck. »Come on!« Ihre Hand ist wunderbar weich und ihre perfekt manikürten Nägel leuchten im Kontrast zu ihrer braunen Haut. Ich bin überrascht, wie viel Power sie hat. Auf dem Weg zur Terrassentür schnappe ich mir noch kurz meine Kamera und mein Phone, dann gehen wir durch die Gartentür runter zum Strand. Lara führt mich über die Promenade zum Skatepark. Wir setzen uns auf eine Bank und sehen vier Jugendlichen zu, die bereits am frühen Morgen ihre Tricks üben und mit ihren Boards durch die Luft wirbeln. Auf den Streetball-Plätzen nebenan werfen ein paar junge Männer locker den einen oder anderen Korb. An den Spielfeldrand haben sie eine Musikbox gestellt, aus der *Better now* von Post Malone dröhnt. Lara fängt an, mit dem Kopf zum Beat zu nicken und mitzusingen.

»You probably think that you are better now, better now. You only say that 'cause I'm not around, not around …« Sie malt mit der Hand Kreise in die Luft und tanzt im Sitzen. Als ihr Bein dabei kurz mein Knie berührt, läuft ein wunderbarer Schauer über meinen Körper. »Nicht schlecht«, sage ich und lache. »Du hast das Zeug zur Rapperin. Vielleicht wirst du die nächste Nicki Minaj.«

»Hallo?! Weißt du, was die für fette Beine hat? Das ist ja echt ein reizendes Kompliment.« Sie schaut mich herausfordernd an, dann lacht sie. »Wir hören das oft unten am Strand. Ich liebe das Lied.«

»Bist du häufig hier am Skatepark?«

»Manchmal. Ich komme gern nach dem Surfen hierher, zum Nachdenken.«

»Und über was denkst du dann nach?«

Lara reibt sich mit ihren Händen über das Knie und blickt auf den Boden. »Über vieles. Bei uns in der Familie war in letzter Zeit einiges los. Meine Eltern haben sich getrennt, das war ziemlich krass«, sagt sie, und ihre Augen werden wässrig. »Dad hat vor einigen Jahren seine Karriere als Fußballspieler beendet, und wir sind von London hierhergezogen. Seitdem gab es viele Probleme zwischen den beiden, viel Streit ...«

Einer der Skateboarder knallt auf den Boden und zieht damit unsere Blicke auf sich. Er rappelt sich schnell wieder auf, seine Kumpels lachen und machen Witze über ihn.

»Neulich ist Justin Bieber hier mal geskatet«, sagt Lara, offenbar froh über die Vorlage für einen Themenwechsel. »Mit Cap und Kapuze. Irgendwann hat ihn dann trotzdem jemand erkannt, und er ist abgehauen.« Sie lacht.

Aus Richtung der Streetball-Plätze kommt ein Typ mit einer Kühltasche auf uns zu. »Eiskaltes Wasser, ein Dollar die Flasche«, ruft er und sieht uns fragend an.

»Den schickt der Himmel, ich hab voll Durst. Du auch?«

Lara nickt. Ich ziehe zwei Dollarscheine aus meiner Hosentasche und reiche sie dem Verkäufer.

»Ich habe auch noch Glückskekse. Ihr zwei Hübschen bekommt sie zum Spezialpreis, zwei für einen Dollar.« Stolz hält er uns die eingeschweißten Kekse hin. »Alles klar, warum nicht«, sage ich und tausche noch einen Dollar gegen die Kekse.

»Hier, du machst deinen zuerst auf.« Ich gebe Lara einen der Kekse. Sie bricht ihn auf, entrollt den zum Vorschein kommenden Zettel und lächelt verlegen.

»Und? Was steht drauf?«, frage ich ungeduldig.

Lara starrt noch einige Sekunden gedankenverloren auf das kleine Stück Papier, dann liest sie vor.

»Das größte Vergnügen im Leben besteht darin, das zu tun, von dem die Leute behaupten, man könne es nicht.« Kurz hängt der Satz in der Luft, wir schweigen.

»Ist was dran, oder?«, sage ich schließlich.

Lara nickt. Sie ist jetzt viel nachdenklicher als vorhin.

»Jetzt du«, sagt sie leise, während sie langsam von ihrem Keks abbeißt.

»Okay!« Ich hebe feierlich meinen Keks in die Höhe und drücke mit übertriebener Mimik mein Kinn hervor, als wäre ich einer dieser Boten aus den Filmen, die im Mittelalter spielen. »Ich verkünde euch die Botschaft des Tages, My Lady.« Lara kichert und sieht mich erwartungsvoll an. Beides genieße ich und mache eine kurze Pause. Dann zerbreche ich den Keks und lese vor:

»Wenn du glaubst, du findest eine wertvolle Lebensweisheit in einem Keks für fünfzig Cent, hast du voll einen an der Waffel.«

Lara muss so heftig lachen, dass sie sich fast verschluckt.

»Dein Ernst? Das steht da echt drinnen?«

»Ja! Wort für Wort.«

Auch ich bekomme kaum noch Luft vor lauter Lachen und klopfe ihr vorsichtig auf den Rücken. »Geht's bei dir?«

»Ja, alles klar. Schmeckt übrigens scheiße, der Keks.« Sie grinst mich an. Es ist ein Grinsen, das mich alles um mich herum vergessen lässt.

»Ich will dir noch etwas zeigen«, sagt Lara. Vorbei an den Streetball-Feldern führt sie mich runter zum Strand, zu einem der bunten Rettungsschwimmer-Häuser aus Holz, die einen kleinen Teil vom Strand in den Schatten tauchen. Wir setzen uns in den angenehm kühlen Sand und blicken auf das Meer.

»Was machst du so, wenn du nicht gerade in einem Soccer-Camp bist?«, fragt sie und streicht sich eine Strähne aus dem Gesicht. »Oder dich mit Glückskeksen beschäftigst.«

Ich erzähle ihr von meiner Leidenschaft für YouTube. Und vom FC St. Pauli, meinem Traumclub. »Der wurde neunzehnhundertzehn gegründet. Vor über hundert Jahren. Wahnsinn, oder?«

»Wow! Das ist dann ja ein richtiger Traditionsverein.«

»Total. Es wäre das Größte für mich, da zu spielen.«

Lara sieht mich verträumt an. Sie hat ihre Ellenbogen auf ihre Oberschenkel gestützt und legt ihr Kinn in ihre Hände.

»Es ist schön, dir zuzuhören«, sagt sie. Als sie lächelt, beginnt ihre Narbe auf der Wange zu tanzen.

»Darf ich dich etwas fragen?«, will ich wissen.

»Klar.«

»Woher hast du die Narbe?«

Lara legt ihren Kopf schief, wendet den Blick ab und spielt an ihren Fingernägeln herum.

»Sorry, du musst nicht antworten«, schiebe ich schnell hinterher. »War 'ne dumme Frage. Geht mich nichts an.«

»Nein, nein, ist schon okay. Weißt du, ich habe auch einen Traum. Ich will Profi-Surferin werden. Und dafür habe ich vor zwei Jahren ziemlich viel riskiert. Obwohl die Rettungsschwimmer am Strand davor gewarnt hatten, dass an diesem Morgen sehr viele Haie vor der Küste gesichtet wurden, bin ich mit meinem Board rausgeschwommen. Normalerweise tun sie nichts, das sind wunderbare Tiere, viel besser als ihr Ruf. Doch manchmal verwechseln sie Surfer mit Robben, weil unsere Boards und die Robben für die Haie eine ähnliche Form haben. Und bei mir war das leider so. Ein Hai hat mich vom Board gestoßen. Er hat zum Glück von mir abgelassen, als er merkte, dass ich keine Robbe war. Ich hatte wahnsinniges Glück. Dad war am Strand und hat mich mit den Rettungsschwimmern rausgeholt. Die Spitze meines Boards hat mich beim Sturz im Gesicht getroffen, ich bin ohnmächtig geworden und habe deswegen jetzt ein Leben lang dieses kleine Andenken in meinem Gesicht.« Lara streicht sich über die Narbe. »Nicht gerade modelmäßig, aber ich kann damit leben.«

Am liebsten würde ich ihr sagen, dass sie ein viel schöneres Gesicht hat als die meisten Models. Doch ausgerechnet jetzt spüre ich, wie sich mein schlechtes Gewissen meldet.

Alter, du chillst hier am Strand mit dem heißesten Girl überhaupt, und Terry ist irgendwo da draußen. Vielleicht in Todesangst.

Und plötzlich ist er da, dieser Gedanke. »Das Mädchen! Vielleicht weiß sie, wo Terry ist. Oder wer ihn entführt haben könnte.« Meine Stimme überschlägt sich. »Verdammt, wieso bin ich da nicht schon früher darauf gekommen?«

»Wer ist denn *das Mädchen*?« Laras dezentes Schimmer-Make-up glitzert in der immer höher stehenden Sonne, die jetzt um das Rettungsschwimmerhaus herumkommt. Laras Augen sind voller Spannung und Fragezeichen.

Ich erzähle ihr, wie komisch Terry bei der Frage nach seiner Freundin reagiert hat. Und dass ich ihr Foto auf seinem Handy-Hintergrund gesehen habe. »Zumindest bin ich ganz sicher, dass sie das ist. Wen sollte er sonst als Hintergrund haben?«, schiebe ich nach.

»Weißt du, wie sie heißt?«

»Nur den Vornamen: Emily.«

Lara verzieht das Gesicht. »Okay ... Davon gibt es in den USA sicher Millionen. Das kann schwierig werden.«

Ich rufe mir das Foto von Emily gedanklich vor Augen. *Streng dich an, Josh, streng dich an.*

Und dann fällt es mir ein. »Aber Emilys, die sich um Schildkröten in Florida kümmern, gibt es sicher nicht so viele.«

Ich tippe »Emily Schildkröten Florida« in die Suchmaske bei Google. Die Website spuckt mir als erste Treffer einige Fotos von Schildkröten aus, die von ihren Besitzern offenbar Emily genannt werden. Einige der Tiere haben sogar eigene Instagram-Accounts – Wahnsinn, was manche Menschen mit ihren Haustieren machen. Und dann sehe ich sie, unter *Weitere Ergebnisse*, direkt vor mir, auf dem Touchscreen. Das Mädchen, das auf Terrys Phone als Hintergrundbild eingestellt ist. Ich drücke auf das Foto und gelange auf einen Artikel der *Palm Beach Post*, in dem es um ehrenamtliche Helfer in einer Rettungsstation für verletzte Schildkröten geht. Unter dem Foto steht:

»Junge Tierschützerin: Die 15-jährige Emily Ford hilft seit einem Jahr ehrenamtlich in der Rettungsstation Islamorada.«

Ich kopiere ihren Namen und füge ihn in der Suchfunktion von Instagram ein. 13 Treffer in Florida, zwei in Islamorada. Auf dem zweiten Bild in der Liste ist das Mädchen von Terrys Handy zu sehen.

»Ich hab sie!«, rufe ich und schaue Lara an.

Um das Display sehen zu können, lehnt sie sich zu mir rüber und stützt sich mit ihrem Arm auf meiner Schulter ab. Ich spüre ihren Atem ganz leicht auf meiner Wange.

»Schreib sie an. Frag sie, ob sie uns helfen kann.« Lara zeigt aufgebracht auf den Bildschirm.

»Sie kennt mich halt gar nicht. Die denkt bestimmt, das ist irgendein Spam oder ein Stalker oder so.«

»Sie ist die Einzige aus Terrys Freundeskreis, die wir haben. Also, wir *müssen* es probieren.«

»Da hast du auch wieder recht.« Ich schreibe Emily in einer Direct Message, dass Terry verschwunden ist, und frage, ob sie etwas von ihm gehört hat.

»Jetzt heißt es warten …« Ich presse die Lippen zusammen und deute mit dem Kopf auf das Meer. »Ist das eigentlich kalt?«

Lara lacht, sodass ihr langer Pferdeschwanz auf und ab wippt. »Quatsch! Du bist in L.A., nicht in der Arktis. Hast du Lust reinzugehen? Ich habe meinen Bikini drunter.«

Vor uns joggen einige durchtrainierte Surfer vorbei, die durch ihr Aussehen leichte Zweifel in mir auslösen. So definiert wie die bin ich längst nicht! Die Gräben zwischen deren Bauchmuskeln sind tiefer als der Grand Canyon! Dafür müssen die jahrelang trainiert haben.

Als würde sie meine Gedanken lesen können, stößt Lara mich an, zieht ihr Sweatshirt aus und wirft es mir auf den Kopf. »Los jetzt, du deutsches Fußball-YouTube-Supertalent. Zeig mal, ob du überhaupt schwimmen kannst.« Als ich mich lachend von ihrem Sweatshirt befreit habe, zieht Lara bereits ihre Hotpants aus und grinst mich herausfordernd an. »Und, was ist jetzt?«

Ich greife nach etwas Sand und werfe ihn grinsend in ihre Richtung. »Wer als Erstes drinnen ist!« Ich sprinte los und versuche mir im Laufen meine Schuhe, Jeans und mein T-Shirt auszuziehen, bleibe aber mit meinem rechten Fuß im Hosenbein hängen und falle fast hin. Lara kriegt sich vor Lachen gar nicht mehr ein und ist kurz vor mir im Wasser. Sie hüpft begeistert in die Wellen. Ihr türkisfarbener Bikini betont ihre Figur perfekt.

In meiner schwarzen Boxershorts springe ich ihr hinterher und wir schwimmen ein Stück raus, das salzige Wasser prickelt auf meiner Haut. »Schau mal, dahinten ist ein Delfin!« Lara zeigt Richtung Santa Monica Pier. Erst sehe ich nichts, doch dann taucht eine Flosse aus dem Wasser auf. Ich vergesse für einen Moment die ganze Terry-Sache und bin wahnsinnig froh, mich mal aus meiner endlosen Gedankenschleife verabschieden zu können. Ich spüre den Duft des Sommers in meine Lungen strömen, schließe die Augen und lasse mich auf dem Rücken vom Ozean treiben. Immer wieder schaue ich zu Lara. Nach einigen Minuten meine ich an ihrem Gesichtsausdruck zu erkennen, dass ihr kalt wird. »Sollen wir raus?«, frage ich. Sie nickt sofort.

Zurück am Strand fällt uns auf, dass wir gar kein Handtuch dabeihaben. Wir werfen uns in den Sand und warten, bis die Sonne uns getrocknet hat. Eine halbe Stunde liegen wir einfach nur da und beobachten die Pelikane und Möwen, die über uns hinwegziehen.

»Macht Spaß mit dir«, sagt Lara irgendwann. Und dreht ihren Kopf zu mir. Die Bewegung lässt ihre funkelnden Ohrringe schaukeln. Es fühlt sich an, als könnte sie mich allein mit ihren Augen berühren. Irgendetwas fliegt zwischen uns hin und her. Energie, Elektronen, Karma, keine Ahnung. Etwas unglaublich Starkes auf jeden Fall. Etwas, das sich besser als alles andere anfühlt.

»Was? Faul im Sand zu liegen und nichts zu machen?«, frage ich lächelnd.

»Ja. Genau. Das auch. Alles«, sagt sie. »Und essen bestimmt auch. Hunger?«

Ich nicke. »Und wie!«

Ich schnappe mir meine Jeans und sehe, dass ich eine neue Nachricht bei Instagram bekommen habe.

»Sie hat zurückgeschrieben«, rufe ich. »Die Emily aus Florida!«

»Wirklich? Was schreibt sie?«, fragt Lara.

Im Gehen öffne ich die Nachricht.

Emily Ford

Hi Josh. Ich habe keine Ahnung, was bei euch in Venice abgeht. Und ich will auch in keine Schwierigkeiten geraten. Ich schreibe dir nur zurück, weil deine Nachricht echt verzweifelt klingt.

Ich lese weiter, und der zweite Teil ihrer Nachricht verschlägt mir den Atem.

Ich weiß nur eines: Der Typ auf dem Foto neben dir heißt nicht Terry Walker. Sein Name ist Charlie Amaru.
Wir waren zwei Jahre zusammen. Er hatte damals noch nicht dieses Tattoo am Hals, und auf deinem Foto sieht es aus, als würde er Kontaktlinsen tragen. Whatever! Er ist mir inzwischen egal. Damals habe ich ihn geliebt. Bis er im vergangenen Winter von heute auf morgen mit seinen Eltern verschwand. Ohne ein Wort zu sagen. Warum, das weiß ich bis heute nicht. Es hat so wehgetan ... Und irgendwann habe ich mich damit abgefunden, dass er nicht wiederkommen wird.

Der Sand knirscht zwischen meinen Zehen, und ich blicke nachdenklich Richtung Villa.

Terry oder Charlie oder wie auch immer du heißt – wer bist du wirklich, verdammt?

7 Schock auf der Party

Mein Omelett ist so riesig, dass es sich über den Tellerrand hinaus bis auf den Tisch ausbreitet. Und dazu drängen sich auf dem Teller noch jede Menge Toastscheiben und Kartoffelecken. Lara fängt meinen erstaunten Blick auf, nachdem der Kellner uns das Essen serviert hat. »Du bist in Kalifornien. Wir können hier nur groß und lecker«, sagt sie und schenkt mir ein wunderbares Lächeln. Sie hat sich den Breakfast-Burrito bestellt, und der würde auch genauso gut für drei Personen reichen. Lara schüttet sich jede Menge Hot-Sauce auf ihren Burrito, von der auf jedem Tisch eine Flasche steht.

Wir sitzen im Sidewalk Café, direkt an der Promenade von Venice. Sie hat den Vorschlag gemacht, nach dieser Horrornacht und diesem krassen Morgen erst mal zu überlegen, was wir machen können, um Terry zu finden.

»Okay, was haben wir …?« Sie nimmt einen Schluck ihres übertrieben großen Vanille-Milchshakes, der so dickflüssig ist, dass sie ihn kaum durch den Strohhalm trinken kann. Dabei tippt sie auf ihrem Phone rum. »Ich schreibe jetzt alles auf.« Beim Notieren liest sie ihre Liste laut vor:

- *Terry hat entweder früher einen anderen Namen benutzt oder tut es heute*
- *Er hat sein Aussehen verändert – offenbar, um nicht mehr von Leuten von damals erkannt zu werden*
- *Er hat seine Eltern vor seiner Abreise belogen, was das Camp angeht*

- *Er hat vor der Entführung sein Handy mitgenommen*
- *Haben seine Eltern viel Geld? Könnte es um Lösegeld gehen?*

Ich höre ihr zu und wähle zwischendurch immer mal wieder Terrys Handynummer, mittlerweile zum gefühlt fünfzigsten Mal seit den letzten Stunden. »Immer noch aus.«

Lara schaut nachdenklich auf die Promenade und spielt mit einem der funkelnden Ringe an ihren Fingern. »Die Polizei wird sicher versuchen, sein Handy zu orten. Das könnte eine Chance sein, ihn aufzuspüren«, sagt sie. Vor dem Café bauen die Straßenverkäufer ihre Stände mit gemalten Bildern von Venice auf, zwei Frauen bereiten Plastikschälchen mit Chili-Mangos vor, *3 Dollar pro Portion* steht auf einem Pappschild vor ihnen.

»Ach, die Polizei. Die ist hier in L.A. doch sicher total überlastet, und außerdem hast du doch vorhin gemerkt, wie die drauf sind. Erst zweiundsiebzig Stunden warten … können noch nichts machen … und so weiter. Das dauert mir zu lange. Bis dahin könnte Terry schon was zugestoßen sein«, sage ich und nehme einen Schluck von meinem Wasser. Es ist so kalt, dass mir ein Schmerz in den Kopf schießt. »Und wahrscheinlich haben die Entführer sein Handy eh entdeckt und gleich weggeschmissen.«

»Weißt du, was richtig komisch ist?« Lara tippt wieder auf ihrem Smartphone herum.

»Na?«

»Terrys Ex-Freundin kennt ihn nur unter Charlie Amaru. Ich habe jetzt Google, Facebook, Instagram, Snapchat, LinkedIn und Twitter durchsucht. Nirgends ist ein Charlie Amaru aus Florida zu finden. Als hätte er nie existiert.«

Ich erwische mich dabei, wie ich an den Fingernägeln

kaue. Das passiert mir manchmal unterbewusst, wenn ich angespannt bin. Als ich es bemerke, höre ich sofort wieder damit auf.

»Die entscheidende Frage ist doch, warum Terry – oder Charlie – mit seiner Familie aus Florida abgehauen ist, wenn er doch mit seiner Freundin glücklich war. Und warum er sich hier in L.A. dann anders genannt hat. Aber das wissen wir halt nicht, verdammt!« Lara wirft frustriert ihre Serviette auf den Tisch.

In einer Ecke des Cafés fällt mir ein Flachbildschirm ins Auge. Auf ihm läuft eine YouTube-Playlist, gerade dröhnt DJ Khaleds und Rihannas »Wild Thoughts« durch die Lautsprecher an den Wänden.

»*Wir* wissen das nicht«, sage ich. »Aber einer meiner Follower vielleicht!«

Die Nachmittagssonne strahlt den Santa Monica Pier an wie ein Fluchtlichtmast, auf dem Holzsteg rattert eine Achterbahn, und Hunderte von Menschen strömen in die Fischrestaurants und Souvenirläden. Ein kleiner Freizeitpark direkt am Meer – ich wünschte, ich könnte das mehr genießen. Aber die Suche nach Terry ist jetzt wichtiger.

»Okay, hier ist es perfekt. Film mich im Querformat. Und wenn Leute durchs Bild laufen – egal, einfach weitermachen. Ist authentisch«, rufe ich Lara zu, die ein paar Meter vor mir steht, mein Phone in der Hand hält und nickt.

»Alles klar. 3-2-1 – go!«, ruft sie zurück.

»Yo Leute, was geht ab?! Ich bin hier in L.A., das Wetter ist mega, das Elite-Soccer-Camp ist der absolute Hammer! Heute Nacht ist aber leider was richtig Schlimmes passiert. Und zwar ist mein neuer Freund Terry verschwunden.« Im weiteren Verlauf des Videos erzähle ich die gesamte

Story. »Wenn ihr Terry gesehen habt oder irgendwelche Hinweise zu ihm geben könnt, meldet euch! Ihr seid die loyalste und beste Community, ich zähle auf euch! Tausend Dank, Mann. Bis bald, euer Josh.«

Lara deutet mir mit ausgestrecktem Daumen, dass sie mit der Aufnahme zufrieden ist.

»Das schicke ich nachher Sebi, meinem besten Freund in Hamburg. Er schneidet das Selfie von mir und Terry in das Video, heute Abend geht das auf YouTube online. Lass uns zurück in die Villa, da haben wir schnelleres WLAN.«

»Alles klar, Chef«, gibt Lara augenzwinkernd zurück. »Lass uns am Wasser zurückgehen, okay?«

Wir ziehen unsere Schuhe aus und schlendern barfuß nebeneinanderher. Ich würde gerne Laras Hand nehmen, doch irgendetwas sagt mir, dass es zu früh ist. Wir schweigen einfach nur. Es ist ein schönes Schweigen. Das heranrauschende Wasser kühlt meine Füße, bei jedem Schritt versinke ich bis zum Knöchel in dem herrlich weichen Sand.

Nach der Hälfte des Weges vibriert in meiner Hosentasche mein Handy. Eine WhatsApp-Nachricht in der Gruppe *Elite-Soccer-Camp*.

Craig
Hi Jungs. Heute Abend bitte alle um 19 Uhr (unbedingt pünktlich!) in der Lobby sein. Dresscode sind lange Hose und Poloshirt oder Hemd. Unser Camp-Gründer Jack Morisson gibt in seinem Haus in Malibu eine Party – und ihr seid die Stargäste ;-) Essen gibt es heute dort. Wird cool!
Bis dann.

»Kennst du eigentlich diesen Morisson, der unser Camp bezahlt?«, frage ich Lara.

»Ja, Dad und er treffen sich öfter, er war auch schon bei uns zu Hause. Ich glaube, sie sprechen dann über das Camp, die Organisation und all das.« Lara blickt im Gehen auf den endlos scheinenden Ozean hinaus. »Ich finde ihn irgendwie schräg. Der ist so glatt. So perfekt. Keine Ahnung, vielleicht sind Milliardäre halt so drauf.« Als ich ihr erzähle, dass wir mit der Camp-Mannschaft heute Abend bei ihm sein werden, sehe ich Laras Augen aufblitzen.

»Das wird dir gefallen. Dad hat erzählt, dass bei Morissons Partys immer jede Menge Promis abhängen. Und dass da krasse Bands spielen. Aber versprich mir bitte eins.«

Ich ziehe fragend die Augenbraue hoch.

»Was?«

»Sorg dafür, dass du nicht noch süßer aussiehst als jetzt. Ich will nicht, dass sich so eine Hollywood-Schönheit in dich verliebt.«

Wir lachen. Laras Ausstrahlung nimmt mich komplett ein.

Für einen Moment vergesse ich, wie absurd es mir erscheint, an einem Tag wie heute auf eine Party zu gehen. Doch mein schlechtes Gewissen meldet sich schnell zurück, und Lara kann es mir offensichtlich ohne Worte ansehen.

»Es ist okay, zu der Party zu gehen. Dad meinte, dass euch Ablenkung jetzt guttut.«

»Ich frage mich die ganze Zeit, wie es Terrys Eltern geht. Sie müssen sich unglaubliche Sorgen machen.«

Lara nickt und blickt auf den Boden. »Dad hat mit ihnen gesprochen. Die Polizei hat sie vernommen, Terrys Mum hatte danach einen Nervenzusammenbruch. Dad sagte, sie vertrauen voll und ganz auf Jack Morisson. Er war heute bei ihnen und hat versichert, dass er alles in seiner Macht Stehende tun wird, um Terry zu finden. Er sagte, er habe die besten Detektive in ganz Kalifornien angeheuert.«

In der Villa ist die Stimmung angespannt. Lara und ich haben uns vor dem Eingang mit einer kurzen Umarmung verabschiedet, die meisten der Jungs sitzen im Wohnzimmer.

»Hey Josh, hast du etwas von Terry gehört?«, fragt mich Gustav. Ich schüttele den Kopf und eile in Richtung meines Zimmers, um Sebi das Video zu schicken. Im Flur kommt mir Alessio entgegen, er hat wie immer Jadon im Schlepptau. Ich will mich an den beiden vorbeizwängen, doch Alessio fährt seine Schulter aus und verpasst mir einen Bodycheck.

»Alter, was ist los mit dir, Mann?« Ich schaue ihn mit finsterem Blick an.

»Was willst du denn, du Wichser? Pass doch einfach auf, wo du hinläufst.« Jadon hinter ihm grinst frech.

Ich kann mich jetzt nicht länger zusammenreißen, packe diesen kleinen Giftzwerg an der Schulter und schubse ihn gegen die Wand. »Verpiss dich, du Hundesohn.«

Alessios Augen verengen sich zu Schlitzen. »Fass mich nicht an, Josh! Sonst endest du noch wie dein dummer Freund Terry.« Seine Lippen vibrieren vor Aggressivität.

Und irgendwie steckt er mich mit seiner Feindseligkeit an. Ich spüre eine wütende Hitze in mir aufsteigen.

»Was hast du mit Terry gemacht, du verdammtes Arschloch?!«, brülle ich. Alessio grinst mich diabolisch an. Er genießt den Moment sichtlich.

»Wer weiß?«, sagt er ganz langsam und ruhig. »Vielleicht habe ich diesem Hundesohn ja mal Manieren beigebracht?«

Gustav kommt um die Ecke und schaut mich beunruhigt an.

»Alles okay bei euch? Soll ich Craig holen?«

Das wirkt. Alessio und Jadon schauen ihn abfällig an und ziehen schweigend ab.

»Schon gut«, sage ich.

»Ich habe gehört, was Alessio gesagt hat. Der will dich nur provozieren, vergiss es einfach«, meint Gustav.

»Ich bin mir da nicht so sicher«, sage ich. »Alessios Chancen auf die zentrale Position im Spiel gegen Galaxy sind auf jeden Fall durch Terrys Verschwinden gestiegen. Selbst wenn sie für Terry einen Spieler nachnominieren sollten, damit wir wieder elf sind. So gut wie Terry ist sicher kein anderer.«

Endlich in meinem Zimmer angekommen, schreibe ich Sebi eine lange Mail und erkläre ihm darin, was passiert ist. Über einen File-Hosting-Dienst schicke ich ihm zudem das Video, das Lara von mir am Pier aufgenommen hat. Danach muss ich mich echt beeilen, um pünktlich in der Lobby zu sein. Schnell ziehe ich eine schwarze Jeans und ein hellblaues Poloshirt aus dem Schrank und sitze ein paar Minuten später mit den anderen Jungs und Craig in einem gemieteten Minibus, der uns zur Party bringt.

Über den berühmten Highway 1, eine der bekanntesten Schnellstraßen der Welt, geht es entlang der Küste nach Malibu. Die Sonne steht tief und taucht alles in ein goldenes Licht. Der Seewind treibt Gischtschleier in die Luft, Felsbrocken liegen wie hingeworfen im Meer.

An der Auffahrt zu Morissons Anwesen lassen sich zwei Security-Männer mit Knöpfen in den Ohren von Craig unsere Einladung zeigen und weisen uns an, zum Haus hochzufahren und dort zu parken. Als wir oben ankommen, haut mich Morissons Haus beinahe um – es ist ein Palast, dagegen wirkt unsere Camp-Villa wie eine Hundehütte. Vor dem riesigen Gebäude steht ein dunkelroter Helikopter auf einem eigenen Landeplatz, daneben plätschert ein Brunnen, in einem Teich schwimmen Koi-Karpfen, und der türkisfarbene Pool zieht sich durch den gesamten Garten. Das Abendlicht spiegelt sich in den vielen Fenstern. Vor einem Garagenkomplex stehen ein silberner Bentley, ein giftgrüner Lamborghini und eine schwarze Harley-Davidson, und an dem zum Anwesen gehörenden Steg, der ins Meer ragt, liegt eine riesige Jacht. Auf der Terrasse drängen sich Männer in Smokings und junge Frauen in edlen Abendkleidern, ein Fotograf bittet Paare für ihn zu posieren, ein Kamerateam dreht Interviews. Eine Band spielt, und die Sängerin sieht Taylor Swift so verdammt ähnlich ... *Das ist Taylor Swift! Krass!*

Überall wuseln Kellner mit Tabletts voller Champagner und Shrimps-Häppchen umher. Eine Blondine mit einem Lostopf in den Armen kommt auf uns zu und signalisiert uns mit einem strahlenden Lächeln, dass wir jeder eines ziehen sollen. Ich greife zu und falte das Blättchen auf, die Nummer 348 kommt zum Vorschein.

»Da ist Morisson«, sagt Craig zu uns Jungs und zeigt auf einen schlanken Mann inmitten der Partygesellschaft.

Jack Morisson ist die noch edlere Version von Chris Hemsworth. Er ist blond und fast zwei Meter groß, sein schwarzer Anzug sitzt optimal. Seine Finger sind dünn, sein Gesicht beinahe unwirklich gleichmäßig. Er sieht aus, als wäre er gerade aus einer Modezeitschrift geklettert.

Das meinte Lara also mit perfekt.

Er hält ein Mikrofon in der Hand, klettert damit auf eine kleine Bühne und gibt der Band mit einem diskreten, aber bestimmten Handzeichen zu verstehen, dass sie aufhören soll zu spielen.

»Meine lieben Gäste«, beginnt Morisson, »seit nunmehr fünf Jahren gebe ich jeden Sommer diese Party. Dieses Jahr haben wir uns etwas Besonderes überlegt. Jeder von euch hat ein Los bekommen, und wir ziehen jetzt gleich eine Zahl. Der Gewinner darf gegen mich antreten.« Morisson zeigt auf eine Torwand, die zwei seiner Mitarbeiter gerade im Garten aufstellen. »Jeder hat zwei Schussversuche: einen oben, einen unten. Für jeden Treffer spende ich zehntausend Dollar an ein Kinderhilfswerk.« Die Menge vor ihm applaudiert. Ich würde ja gern zusehen, aber erst mal muss ich dringend auf Toilette. Bei der Hitze hier trinke ich viel mehr als in Hamburg.

Gerade will ich mich von der Terrasse in Richtung Haus bewegen, um das Badezimmer zu suchen, als Morisson in eine Vase mit Zetteln greift und ins Mikrofon ruft: »Und gewonnen hat ... die 348!«

Er schaut auffordernd in die Menge, und die Leute vor ihm drehen ihre Köpfe, suchen nach dem Gewinner. Ich hebe zögernd die Hand, und Morisson zeigt auf mich: »Der junge Mann da vorn. Herzlichen Glückwunsch!«

Er winkt mich unter dem Applaus der anderen Gäste zu sich und reicht mir die Hand. »Hi. Du gehörst wahrscheinlich zu unseren Camp-Teilnehmern, oder?« Als ich direkt vor ihm stehe, fällt mir auf, dass er überhaupt keine Lachfalten hat.

Entweder Botox oder ziemlich oft schlecht drauf.

»Ja, ich bin Josh aus Hamburg. Vielen Dank für Ihren netten Brief. Hab ich auf dem Hinflug gelesen.«

»Richtig, Josh! Jetzt sehe ich dich also mal in natura, nicht nur auf den Fotos und in Videos. Freut mich. Schießt du zuerst?« Einer von Morissons Männern bringt uns einen Ball. »Ja, warum nicht?«

Es fühlt sich an, als ob meine Blase gleich platzt. Ich kann mich kaum konzentrieren. Krampfhaft versuche ich, nicht daran zu denken.

Irgendwie funktioniere ich dann zum Glück doch. Ich laufe an, schieße mit Innenrist in das untere Loch – Treffer! »Sehr gut«, ruft Morisson und klatscht. Auch er verwandelt.

Seine Schusstechnik verrät mir, dass er wirklich mal ganz gut Fußball gespielt hat.

Bei meinem zweiten Schuss probiere ich es mit Spann, ziele jedoch etwas zu hoch, und der Ball springt von der Kante des Loches zurück zu mir. Die Zuschauer stöhnen laut auf, wie in der Champions League bei einem verschossenen Elfmeter im Stadion.

Morisson grinst, nimmt sich den Ball und trifft auch oben. »Gewonnen! Danke für das gute Spiel«, sagt er und drückt mir strahlend die Hand.

Ich kann jetzt nur noch angespannt lächeln und versuche so schnell wie möglich von der Bühne zu kommen.

Ich gehe mit großen Schritten ins Haus, das voller edler Möbel ist: Weiche Sessel und elegante Stühle flankieren einen großen Holztisch, überall stehen große Sofas, an den Wänden hängen bunte Bilder, die nach moderner und wertvoller Kunst aussehen. Alles hier ist das Neueste und Teuerste. »Wo ist die Toilette, bitte?«, frage ich eine der Kellnerinnen, die gerade ein Tablett Gläser aus der Küche trägt. »Im Flur, zweite Tür rechts. Und am Ende des Flures ist auch noch eine«, antwortet sie lächelnd.

Ich bedanke mich, renne in den Flur und drücke die Klinke der zweiten Tür runter. Besetzt! *Fuck!* Weiter zur nächsten Toilette, in die gerade eine ältere Frau verschwindet. Ich höre nur noch, wie sie von innen abschließt.

Alter, das kann doch jetzt nicht wahr sein.

Ich kann nicht mehr stillstehen, springe beim Warten im Flur von einem Bein auf das andere. Verzweifelt blicke ich zu dem Seiteneingang der Villa. Ich stürze hinaus und stehe auf der Rückseite des Anwesens. Offenbar ist es der Eingang für das Hauspersonal. Hier hinten ist der Garten eher schlicht bepflanzt, es stehen ein paar Lieferwagen und Kartons auf dem kleinen Vorplatz vor dem Haus und von Partygästen ist weit und breit keine Spur. Ich laufe ein

Stück in eine Gruppe von Bäumen und Sträuchern hinein und vergewissere mich, dass mich keiner sieht.

Dann stelle ich mich hinter einen Baum und ziehe den Reißverschluss meiner Hose runter. Endlich!

An meinem Oberschenkel spüre ich, wie mein Handy vibriert. Umständlich ziehe ich es mit einer Hand hervor. Laras Name leuchtet auf dem Display auf. *Scheiße!* Ich meine, eigentlich freue ich mich, dass sie anruft. Aber warum ausgerechnet jetzt! Ich überlege kurz, nicht ranzugehen, tue es aber doch. »Hey«, flüstere ich. »Kann ich dich zurückrufen?«

»Ja«, sagt sie leise. Ich höre die Anspannung in ihrer Stimme.

»Ist etwas passiert ...?«

»Erzähl ich dir gleich.«

»Okay! Ich bin bald zurück in der Camp-Villa, da habe ich Ruhe und melde mich.«

Ich verstaue alles und will gerade ins Haus gehen, als ich ihn entdecke. Er steht ganz hinten in diesem Teil des Gartens, hinter zwei Sträuchern am Ende des Morisson-Anwesens, so als sollte ihn keiner sehen. Ein schwarzer Porsche-Cayenne. Mit vier Auspuffen. Und einem Kratzer am linken Kotflügel.

Exakt den habe ich in der Nacht vor unserem Haus gesehen, als Terry verschwand. Die Härchen auf meinen Unterarmen stellen sich auf. Mein Puls geht schneller.

Was, wenn der Entführer hier auf der Party ist? Was, wenn er noch einen von uns Camp-Jungs entführen will?

Eine innere Stimme ruft, ich solle abhauen. Das Blut schießt durch meine Adern, mein Körper will mir offenbar sagen: *Geh bloß nicht weiter, Josh!* Doch da ist noch eine lautere Stimme in mir.

Das kann eine Spur zu Terry sein!

Ich überwinde meine Angst und gehe näher an den

Wagen. Im Gehen mache ich mich so klein wie möglich und bewege mich gebückt, um nicht gesehen zu werden. Dennoch zerbricht bei einem meiner Schritte unter meinem Fuß laut knackend ein Ast. Wie angewurzelt bleibe ich stehen. Hektisch wirbelt mein Kopf nacheinander zu beiden Seiten und checkt die Lage. Niemand da. Ich schleiche weiter an den Wagen heran und stehe jetzt direkt an der rechten Hintertür. Die Scheiben sind verdunkelt, ich kann nichts erkennen. Bilder aus Filmen schießen mir durch den Kopf, in denen der Entführte mit Klebeband über dem Mund und mit Fußfesseln im Kofferraum oder auf der Rückbank liegt.

»Terry?« Ich drücke meinen Mund ganz nah an die Scheibe und flüstere. Nichts. »Bist du da drinnen?«, probiere ich es noch mal, doch alles bleibt still. Keine Antwort.

Als ich so unter Strom stehe, fühle ich mich in eine Situation von vor einigen Jahren hineinversetzt. In der U13 bei Niendorf stand das Pokalfinale gegen den HSV an, ich war Kapitän. Und wusste, dass die ganze Last auf meinen Schultern liegt. Am Morgen des Finaltages musste ich vor Aufregung aufs Klo und kotzen. Mein Vater sagte: »Josh, hör einfach auf deine Intuition. Die Stimme in deinem Inneren sagt dir auf dem Spielfeld schon, was zu tun ist.«

So kam es. Ich schoss zwei Tore und bereitete eines vor, wir gewannen 3:1. Es war, als hätte ich auf dem Rasen eine Art Radar gehabt. Ich habe gespürt, was die richtigen Lösungen waren.

So stark wie damals habe ich danach nie wieder meine Intuition gespürt. Bis jetzt. Irgendetwas tief in mir schreit mich an etwas zu machen. Und zwar schnell.

Ich kann nicht mehr lange hierbleiben. Das wäre auffällig, die anderen Jungs und Craig warten. Und außerdem kann jede Sekunde jemand von der Security kommen.

Mit meinem Phone mache ich hektisch ein Foto von dem Kennzeichen des Cayennes. Und dann schießt es mir in den Kopf.

Dieser fucking Cayenne kann uns zu Terry führen!

Terrys Handy können wir nicht mehr tracken. Dann brauchen wir eben einen anderen GPS-Sender.

Ich krabbele unter den Wagen und nehme meine Apple Watch ab. Meine Eltern haben sie mir zum 14. Geburtstag geschenkt, in Schwarz. Ich liebe das Teil, und ich spüre ein Stechen im Herzen, als ich das Armband in einer Öffnung in der Reifenaufhängung verhake.

Ich kann in diesem Moment nicht komplett sicher sein, dass ich diese Uhr je wiedersehen werde.

Ich ziehe einmal ordentlich dran. *Sollte halten.* Dann robbe ich wieder unter dem Wagen hervor und will gerade zurück auf die Party, als ich höre, wie die Hintertür der Villa aufschwingt. Zwei junge Männer in fleckigen Schürzen – offensichtlich Küchenhilfen – tragen zwei Müllbeutel. Ich verstecke mich hinter dem Cayenne. Die offene Tür der Villa klappert im Luftzug. Ich kann das Blut in meinen Schläfen pulsieren hören und zittere am ganzen Körper.

Als die beiden Küchenhilfen außer Blickweite sind, husche ich zurück in die Villa. Es ist noch voller geworden, auch im Wohnzimmer feiern jede Menge Leute mit Gläsern in den Händen, aus den Lautsprechern dröhnt »Happy« von Pharrell Williams. Die Party ist in vollem Gange und überall herrscht ein wildes Stimmengewirr. Ich muss mich an drei Jugendlichen vorbeidrängeln, die auf einer Ledercouch sitzen. Dabei treffe ich mit dem Knie aus Versehen den Mittleren von ihnen, der eine College-Jacke der L.A. Lakers trägt und dessen blasses Gesicht voller Pickel ist.

»Sorry, Bro!«, sage ich.

Der Junge mustert mich nur schweigend und verzieht

keine Miene. Er und seine Kumpels wollen so gar nicht auf diese glamouröse Party passen.

Auf der Terrasse kommt Craig auf mich zu. Er hält ein Erdbeereis in der Hand und wippt mit dem Kopf zur Musik der Band.

»Amüsierst du dich?«, fragt er.

»Geht so. Hinten im Garten steht, glaube ich, der Wagen, den ich neulich Nacht bei uns vor der Villa gesehen habe, als Terry verschwand.«

Craigs Augen werden größer. »Es gibt Tausende schwarze Geländewagen in L.A. und Malibu«, sagt er nach einigen Sekunden des Schweigens.

»Aber nicht so viele mit vier Auspuffen und einem fetten Kratzer am linken Kotflügel«, entgegne ich.

Craig schiebt mich Richtung Terrasse. »Okay. Zeig mir den Wagen gleich, ja? Wir müssen nur vorher noch raus zu den anderen und ein Gruppenfoto von euch Jungs mit Morisson machen. Für den Insta-Channel des Camps und die Website von Morissons Firma.«

»Hat das nicht Zeit? Ich finde die ganze Sache mit dem Wagen ehrlich gesagt wichtiger.«

Craigs Miene wird ernst. »Ich auch. Aber glaub mir: Jack Morisson sollte man besser nicht warten lassen.«

Draußen machen wir das Foto, und danach sehe ich, wie Craig sich auf der Terrasse in die Ecke neben dem Grill verdrückt und auf seinem Smartphone tippt. Er zieht dabei hektisch an einer Zigarette und schickt Rauchringe in den Abendhimmel. Es ist das erste Mal, dass ich ihn rauchen sehe.

»Was machst du?«, frage ich.

»Ich musste Mitch noch schnell etwas wegen des Trainings morgen schreiben. Ist jetzt erledigt. Zeigst du mir den Wagen?«

Ich nicke und führe Craig durch den Flur und Hinterausgang in den Garten. »Da vorn steht …« Ich bringe den Satz nicht zu Ende.

Der Cayenne ist weg.

Wir bleiben noch bis zehn Uhr auf der Party. Während die anderen Jungs auf den Day-Betten im Garten lungern, sich jede Menge Snacks vom Buffet gönnen und die vorbeigehenden Topmodels flüsternd im Schulnoten-System bewerten, scanne ich alle Gäste ab. Morisson war die ganze Zeit auf der Terrasse, und außerdem stehen seine Luxuskarren *vor* den Garagen. Ich überlege, wer von den Leuten hier auf der Party einen Grund haben könnte, Terry entführt zu haben. Doch mir fällt niemand ein.

Ich probiere über die App meine Apple Watch zu orten, doch sie stürzt immer wieder ab. *Fuck!*

Wieder in der Villa angekommen, rufe ich sofort Lara zurück.

»Sorry, es ging vorhin nicht. Es ist etwas absolut Überraschendes passiert. True Story! Erzähl ich dir gleich. Erzähl du mir jetzt erst mal bitte, was bei dir los ist«, sage ich so ruhig wie möglich.

Ich höre Lara tief Luft holen. Dann antwortet sie: »Es gibt da jemanden, der uns sagen kann, wer Terry wirklich ist.«

Im Training kann ich mich nur schwer konzentrieren. Das kenne ich gar nicht von mir. Normalerweise gilt für mich: Fußball on, world off. Das ist das Coole an diesem Sport – auf dem Rasen bist du ganz bei dir, da gibt es nichts anderes.

Doch heute bin ich durch die Hoffnung, die dank des

Telefonats mit Lara gestern Abend in mir aufgekeimt ist, aufgewühlt und unkonzentriert. Ich spiele mehrere Fehlpässe, und Mitch brüllt im Spiel am Ende des Trainings über den Rasen: »Josh, was ist los, Junge? Aufwachen!«

Nach der Einheit nimmt er mich beiseite. »Ich weiß, dass dich die Geschichte mit Terry sehr mitnimmt. Glaub mir, das geht uns allen so. Aber wir müssen weitermachen. Das hätte Terry so gewollt.«

»Das klingt ja, als würden Sie denken, er sei tot.«

Als ich meine eigene Stimme höre, klingt der Satz viel härter, als ich ihn meine.

Mitch presst die Lippen aufeinander und klopft mir auf die Schulter. »Ich bete, dass es nicht so ist.«

Nach dem Mittagessen mit den Jungs stehe ich vor unserer Villa und warte mit Lara auf unseren UBER-Fahrer. Sie ist die paar Blocks von ihrem Zuhause mit dem Skateboard gefahren, das sie jetzt unter dem Arm trägt. Heute strahlen ihre Fingernägel in Türkis. Ihr weißes Shirt lässt sie noch brauner aussehen als sonst, und ich habe noch nie ein Mädchen gesehen, dem neonfarbene Airmax so gut stehen. Ich komme direkt zum Punkt.

»Also, warum wolltest du mir gestern am Telefon nicht erzählen, wer uns etwas über Terrys wahre Identität sagen kann? Ich meine, ich habe dir auch die ganze Story von der Party und dem versteckten Cayenne und meiner Watch erzählt.«

Lara schaut mich leicht genervt an. »Weil derjenige mir gesagt hat, dass er am Telefon nicht darüber sprechen kann.«

»Klingt für mich nach einem Wichtigtuer, der wahrscheinlich sowieso keine Infos hat.« Aus meiner Stimme dürfte für Lara deutlich rauszuhören sein, dass ich genervt von der Geheimnistuerei bin. Und so will ich das auch.

»Er ist jemand, dem wir vertrauen können, Josh. Er will dich direkt treffen, wie ich dir gesagt habe. Aber wir müssen uns an das halten, auf das er mich hingewiesen hat. Er meinte, wir sollen auf keinen Fall etwas von unserer Fahrt posten. Bitte also keine Insta-Storys, keine YouTube-Videos, keine Fotos, gar nichts einfach, okay?«

Ein Tesla-Elektro-Auto fährt geräuschlos vor. Lara gleicht das Kennzeichen mit dem auf ihrer App ab und wir steigen ein. West Los Angeles, Highways, Culver City, der Hollywood-Boulevard, der *Walk of Fame* mit all den Sternen und Namen der Promis im Gehweg, das Chinese Theater – die Stadt fliegt an uns vorbei, diese riesige Metropole mit all ihrem Glanz und Schmutz. Nach einer Dreiviertelstunde hält der Wagen in einer Seitenstraße vor einem unscheinbaren Gebäude.

Von dem Leuchtschild über der Kneipe im Erdgeschoss sind einige Glühbirnen kaputt, nur mit Mühe ist der Name des Ladens zu erkennen: The black room.

»Hier ist es«, sagt Lara nach einem Blick auf ihr Phone.

Ich ziehe zweifelnd die Augenbrauen hoch. »Sicher?«

Sie nickt entschlossen, wir steigen aus und sie zieht die schwere Metalltür auf. Der Raum, der sich auftut, ist lediglich durch schwache Deckenlampen beleuchtet. Die Luft ist dick und voller Rauch. Es riecht nach Alkohol, Zigaretten und Schweiß.

Eine richtig leckere Mischung.

Ich unterdrücke meinen Würgereiz und kneife die Augen zusammen, um die Menschen auf den Barhockern erkennen zu können. Ein dicker Mann sitzt vorgebeugt über einem Glas Bier und scheint nicht einmal wahrzunehmen, dass da gerade jemand an ihm vorbeigeht. Ein paar Plätze weiter sieht uns eine dürre Frau mit tiefen Falten im Gesicht an, als wären wir Aliens. Sie hat zwei leere Shot-Gläser vor sich stehen. Ein Oldschool-Flipper-Automat am anderen Ende des Raumes spielt nervtötende Melodien und blinkt wilder und bunter als die kitschigste Weihnachtsbeleuchtung.

»Hey, ihr beiden Hübschen, vergesst es! Eintritt erst ab einundzwanzig«, ruft uns der bärtige Barkeeper zu. Mit einem Geschirrhandtuch trocknet er ein Schnapsglas ab und schaut uns streng an.

»Ist schon gut, Ed. Sie gehören zu mir.« Die tiefe Stimme dringt aus der hintersten und dunkelsten Ecke der Kneipe zu uns. Ich erkenne nur die Silhouetten eines Hünen mit breiten Schultern. *Wer zum Teufel ist das?* Mir wird immer mulmiger zumute.

Lara hingegen strahlt jetzt und läuft auf den Ecktisch zu. »Andrew! Endlich sehen wir uns mal wieder außerhalb eines Computerbildschirms.« Sie lacht, und der Hüne erhebt sich. Er steht jetzt im Schein der Lampe und sieht viel freundlicher aus, als es seine Stimme hat vermuten lassen. Ich schätze ihn auf Mitte 30, er hat kurze braune Haare, fröhliche Augen und wirkt in seinem schwarzen Jeanshemd und mit seinem Drei-Tage-Bart wie ein Schmuse-Rock-Sänger.

Sie steht auf Ältere, oder was? Ich dachte, sie ist nicht eine von den Jungs-in-meinem-Alter-sind-so-unreif-Girls ...

»Ja, und das ist zur Abwechslung doch echt mal viel schöner als FaceTime oder WhatsApp, Schwesterchen.« Er grinst. Lara dreht sich zu mir. »Josh, darf ich dir meinen Halbbruder vorstellen.«

Ihr Bruder, na klar.

Andrews Händedruck ist so fest, dass meine Knöchel schmerzen. »Freut mich«, sage ich.

Lara schaut demonstrativ auf Andrews Tisch, der klebrig aussieht und komplett zerkratzt ist. Die Kneipe muss echt alt sein, die roten Ledersitzpolster haben tiefe Risse.

»Du führst uns heute richtig schick aus, kann das sein? Unter 5-Sterne-Restaurants geht bei dir nichts mehr, oder?« Neckisch blickt Lara ihren Bruder an, und der fängt an zu lachen.

»Na klar, das hier ist exklusiver als das Ritz Carlton. Im Ernst: Ich komme seit Jahren hierher, wenn ich mich mit Informanten treffe. Hier bleibt man absolut unentdeckt, denn hier kommt eh keiner her.« Andrew schlägt mit einer Handgeste vor uns zu setzen. »Und Ed macht echt ganz gute Cheeseburger, ob ihr es glaubt oder nicht. Ich bestell uns eben welche, bin sofort zurück.« Andrew schlendert zur Bar. Als er außer Reichweite ist, fasse ich Lara am Arm. »Er trifft sich hier mit *Informanten*? Ist dein Bruder so eine Art James Bond oder Jason Bourne? Ein Agent?«

»Nicht ganz«, sagt Lara und macht eine bedeutungsschwere Pause. »Andrew ist Reporter. Und zwar ein ziemlich guter. Bei der L.A. Times, das ist bei uns die größte und wichtigste Zeitung. Sein Spezialgebiet ist die Kriminalität. Er schreibt jeden Tag darüber.« Ich höre den Stolz in Laras schöner Stimme.

Andrew kommt mit drei Gläsern Cola in den Händen zurück und setzt sich mir gegenüber.

»Also Josh, meine Schwester hat mir erzählt, was passiert ist«, fängt er an. »Zunächst mal tut es mir sehr leid, dass ihr das alles miterleben müsst. Ihr seid ganz sicher in großer Sorge um Terry. Lara weiß, dass meine Arbeit manchmal sehr gefährlich ist. Und ich meine Quellen schützen muss, sonst vertrauen sie mir nicht mehr. Was ich gestern gemacht habe, ist nicht ganz legal. Aber Freunde meiner Schwester sind auch meine Freunde, deswegen helfe ich dir gern.« Andrew lässt seine Worte wirken und wartet meine Reaktion ab. Ich halte seinem Blick stand und nicke nur leicht. Er fährt fort.

»Also: Ich habe in den vergangenen Jahren Reportagen über Bandenkriege, Drogenhändler und Geldfälscher geschrieben. Und mir über all die Zeit einen guten Draht zu einem FBI-Beamten aufgebaut. Bei dem hatte ich noch einen gut, weil ich mal einen äußerst positiven Bericht über seine Ermittlungserfolge geschrieben habe. Was dazu beigetragen hat, dass er kurze Zeit später befördert wurde. Und genau diesen Beamten habe ich jetzt gebeten, mal den Namen eures Freundes durch sein Computersystem zu jagen.«

Andrew muss nicht betonen, dass das FBI als einzige Behörde auf die Daten aller US-Amerikaner Zugriff hat, das ist mir klar, dafür habe ich genug Netflix-Serien und Filme gesehen.

Lara und ich blicken Andrew neugierig an.

»Und? Was hat das ergeben?«, frage ich.

Andrew ist inzwischen nicht mehr so entspannt wie am Anfang. Er knetet seine Hände, blickt zur Tür, holt tief Luft und spricht noch leiser als zuvor. »Euer Terry hieß mit echtem Namen wirklich Charlie Amaru.« Andrew blickt Lara und mir tief in die Augen und beugt sich über den Tisch zu uns vor. »Bis er ins Zeugenschutzprogramm kam.«

8 Gefährliche Suche

Dieser Moment, wenn du denkst, du träumst gerade einfach nur schlecht und wachst hoffentlich gleich auf.

Dieser Moment, wenn sich das alles einfach nur surreal anfühlt.

Genau diesen Moment habe ich gerade. Ein paar Ecken weiter machen Horden von Touristen Selfies vor den Hollywood-Sternen von Snoop Dogg und Donald Duck, und ich sitze hier in dieser abgefuckten Kneipe mit meiner Cola vor mir, höre Andrew zu und spüre dieses Wort in meinem Hirn immer und immer wieder rumspringen – Zeugenschutzprogramm.

»Warum bitte? Was hat Terry denn gemacht?«, frage ich. Andrew holt einen zusammengefalteten Zettel aus seiner Tasche und blickt beim Sprechen immer wieder darauf. Offenbar Notizen, die er sich während des Gesprächs mit seinem FBI-Informanten gemacht hat.

»Terry wurde auf den Keys in Florida geboren, das ist eine Inselkette ganz im Süden des Bundesstaates. Er hat dort bis vor Kurzem gelebt. Bereits mit dreizehn Jahren wurde er zum besten Fußballspieler seines Jahrganges gekürt. Er spielte für die Florida Tigers, den besten Club da unten. Und seit er zwölf ist, zusätzlich für die Jugend-Nationalmannschaft der USA. Die anderen Profivereine rissen sich um ihn, er hatte viele Angebote, aus dem ganzen Land. Die Zeitungen nannten ihn Jahrhunderttalent. Alles deutete darauf hin, dass er den Rekord von Freddy Adu als jüngster Spieler der MLS bricht, der Major League Soccer, das ist sozusagen die Bundesliga von Nordamerika.

Adu war damals vierzehn. Doch dann passierte etwas, das Terrys Leben komplett veränderte. Und mit dem er sich leider erst sehr spät an die Polizei gewendet hat.«

Andrew fährt sich mit der Hand durchs Gesicht und legt den Zettel vor sich auf den Tisch. Für den Rest der Story braucht er wohl keine Notizen mehr.

»Die Eastside Boys wurden auf ihn aufmerksam, das ist die größte Gang in den ganzen USA. Das FBI ermittelt seit Jahren gegen sie. Die Gang hat sich in Florida gegründet und operiert inzwischen in allen Bundesstaaten. Das sind Jungs, mit denen nicht zu spaßen ist. Ich habe schon Berichte über die Gangmitglieder aus L.A. geschrieben. Die schrecken vor nichts zurück! Und ihre Kollegen in Florida sind offenbar genauso wenig zimperlich.« Lara und ich schauen uns besorgt an und geben ihrem Bruder mit einem Blick zu verstehen, dass er weitererzählen soll.

»Die Eastside Boys sind in den vergangenen Jahren immer größer geworden. Und ihre Mitglieder immer jünger. Die Bosse der Gang werben vor allem Jugendliche aus Problemvierteln an, die keine Perspektive fürs Leben haben. Schlechte Bildung, schwieriges Elternhaus, jeden Tag auf der Straße ... Die können sie mit der Aussicht auf schnelles Geld oft leider ziemlich einfach kriegen.« Andrew legt die Stirn in Falten. Die Sache mit den Jugendlichen scheint ihm ziemlich nahezugehen.

»Früher haben die Eastside Boys ihr Geld vor allem mit Diebstählen gemacht. Bis sie gemerkt haben, dass sie mit Wettbetrug viel mehr verdienen können. Und das Risiko für sie geringer ist.«

»Wettbetrug?«, fragt Lara.

»Ja. Manipulierte Sportwetten. Wetten auf Fußballspiele vor allem.«

Ich mache mit der Hand ein Stopp-Zeichen.

»Halt mal kurz! Ich verstehe noch nicht ... Was hat Terry damit zu tun?«

Ed kommt von der Bar rüber und bringt uns die Cheeseburger, die wirklich viel besser duften und aussehen, als ich es in diesem abgerockten Laden erwartet habe. Andrew hört in Eds Anwesenheit auf zu erzählen, bedankt sich bei ihm und wartet, bis der brummige Wirt wieder an der Bar ist.

»Dank des Kontaktes zu dem FBI-Beamten, von dem ich euch schon erzählt habe, konnte ich mir die gesamten Polizeiakten ansehen. Die Eastside Boys haben erkannt, dass Terry die Qualitäten hat, Spiele allein zu entscheiden. Ihnen wurde schnell klar, dass er für sie ein Goldesel sein kann. Bereits in den Jugendteams und Amateurmannschaften, auf die kann man auch Wetten platzieren. Das läuft online, viel über asiatische Wettanbieter. Und in der MLS geht es dann um viel, viel Geld. Gerade bei Spielen zwischen guten und deutlich schwächeren Mannschaften sind die Quoten auf ein Unentschieden oft sehr hoch. Sie haben Terry gezwungen, dafür zu sorgen, dass seine Mannschaft *nicht* gewinnt. Terry hat dann zum Beispiel absichtlich mal einen Elfmeter verschossen und richtig gute Chancen ausgelassen. Mal für seinen Club, mal für seine Nationalelf.« Andrew reibt sich den Schweiß von seiner Stirn. Die Klimaanlage in dem Laden hier hat ihre besten Tage definitiv schon hinter sich.

»Die Polizisten und die Behörden, wie zum Beispiel die Staatsanwaltschaft, sprechen hier von wettbezogener Spielmanipulation. Weltweit werden mit diesem Betrug über hundert Milliarden Dollar umgesetzt. Jedes Jahr! Über Apps und Websites kann man international auf Spiele setzen und auf fast alles wetten: Wer hat den nächsten Einwurf? Welche Mannschaft kommt am Ende des Spiels auf mehr Eckbälle? Gerade diese Live-Wetten während der Spiele sind sehr beliebt. Ob nun Juventus Turin und Borussia Dortmund, ob Champions League, WM oder Jugendteams – Wetten gehen fast überall.«

»Und das ist niemandem aufgefallen, dass Terry absichtlich schlecht gespielt hat?«, frage ich.

»Die Eastside Boys haben das recht dosiert und clever gemacht«, fährt Andrew fort. »Immer nur ein paarmal pro Saison, so dass alle einfach nur dachten, dass auch so ein Klassespieler wie Terry mal einen schlechten Tag hat. Er ist so ein guter Kicker, er weiß genau, wie er den Ausgang eines Spiels maßgeblich beeinflussen kann und seine Aktionen nicht wie absichtliche Fehler aussehen. Je besser der Fußballer, desto unauffälliger der Betrug.«

Ich denke an Terrys überragende Leistungen in den Camp-Trainings zurück. Er kann wirklich alles am Ball.

»Aber Terry hätte da nie mitgemacht«, sage ich kopfschüttelnd. »Ich kenne ihn inzwischen schon etwas. Er ist ein guter Junge.«

»Freiwillig nicht«, sagt Andrew und nickt. »Doch die Eastside Boys hatten ihn genau ausspioniert.«

»Lass mich raten: Sie haben ihn erpresst«, seufzt Lara.

Ihr Bruder zeigt mit dem Finger auf sie und nickt.

»Bingo! Gut mitgedacht, Sis. Die Gang hat Terrys Familiengeheimnis herausbekommen. Ein Geheimnis, von dem nicht mal Terry etwas wusste. Sondern ausschließlich seine Eltern.«

Jetzt kann ich nicht mehr weiteressen. Ich schiebe den Rest meines Cheeseburgers zur Seite und hänge an Andrews Lippen. Kurz blicke ich zu Lara, und sie ist genauso gefesselt und gespannt, um welches Geheimnis es geht.

»Die haben genau analysiert, wie sie die Familie treffen können. Das ist hochkriminell.«

Andrew greift in eine dunkelgrüne Umhängetasche,

die er neben sich auf dem zerrissenen Sitzpolster liegen hat. Er zieht eine Akte mit der Aufschrift »Top Secret« hervor. Dann vergewissert er sich, dass niemand zu uns rüberschaut. Ed putzt wieder Gläser, die dürre Frau und der dicke Mann an der Bar hängen gebeugt über ihren Drinks und starren ins Leere. Andrew legt die Akte auf den Tisch.

»Das hier sind die streng geheimen Ermittlungsdokumente des FBI. Gemeinsam mit der Polizei versuchen die Agents seit Jahren rauszubekommen, wer die Anführer der Gang sind. Doch die Anführer der Eastside Boys sind offenbar ziemlich clever. Es gibt – das haben die Ermittlungen ergeben – einen mächtigen Wettpaten. Aber wer das ist ... Die Cops und Agents haben bislang immer nur die Handlanger verhaften können. Und die vor Gericht verurteilt zu bekommen ist sehr schwierig.«

»Warum das?«, fragt Lara.

»Weil viele dieser Handlanger minderjährig sind. Der Großteil ist gerade mal so alt wie ihr und kommt aus Trailer-Parks. Das sind Wohnwagensiedlungen, wo oft sehr arme Familien leben und die Jugendlichen kaum Chancen auf gute, legale Jobs haben. Die Gang wirbt sie früh an und bildet sie sozusagen aus.« Andrew stößt ein bitteres Lachen aus. »Die zeigen denen genau, wie man Menschen unter Druck setzt und ihnen Angst einjagt. Eine kriminelle Ausbildung, die niemand bekommen sollte. Und im Fall von eurem Terry haben die jungen Gang-Mitglieder leider das Gelernte perfekt umgesetzt.« Andrew sieht sich noch einmal mit prüfendem Blick in der Bar um und schiebt Lara und mir dann die Akte rüber. »Lest selbst«, sagt er.

Lara und ich schauen uns kurz an, dann öffne ich die Akte. Sie besteht aus einer Mappe voller Protokolle, Auszüge aus dem Personenregister der USA und ausgedruckter Fotos. Von einem blickt mich eine Frau mit schwarzen

Haaren und braunen Rehaugen an, die von vielen Lachfalten gerahmt sind. Sie wirkt sympathisch.

»Maria Walker«, lese ich und merke erst danach, dass ich gerade laut denke.

»Charlies Mutter. Terrys Mutter, kann ich auch sagen«, ergänzt Andrew meinen angefangenen Satz.

Lara und ich blättern uns weiter durch die Akte. Und mit jeder Seite zieht sich mein Magen mehr zusammen. Das Durcharbeiten der Papiere tut mir körperlich weh, und Laras Mimik zeigt mir, dass es ihr nicht anders geht. Ihre Stirn hat sie in tiefe Falten gelegt, ihr Blick ist eine Mischung aus Wut und Mitleid. »Was Terry erlebt hat, ist ja schrecklich«, sagt sie leise. »Wie hat er das nur ausgehalten …«

Aus der Akte geht genau hervor, wie die Eastside Boys vorgegangen sind. Nachdem sie erkannt hatten, dass Terry, der damals noch Charlie hieß, einer der besten Fußball-Talente des Landes ist, haben sie nach einem Schwachpunkt in der Familie gesucht. Und Terry sowie seine Eltern mehrere Wochen beobachtet. Sie sind ihnen auf jedem ihrer Wege nachgefahren. Terrys Vater arbeitet, so steht es in den Protokollen, als Verkäufer in einem Mobilfunk-Shop, Terrys Mutter ist Krankenschwester. Und die Gang-Mitglieder haben nach einigen Tagen des Observierens herausgefunden, dass Terrys Mutter in ihrer Freizeit Flüchtlinge medizinisch versorgt. Menschen, die zum Beispiel vor Kriegen geflüchtet sind und in den USA auf ein sicheres Leben hoffen. Sie haben keine Aufenthaltsgenehmigung vom Staat bekommen, wussten sich aber nicht anders zu helfen und sind trotzdem in das Land eingereist. Von ihrer Arbeit im Krankenhaus ist Terrys Mutter zwei Mal pro Woche direkt in das Haus einer befreundeten Ärztin gefahren und hat dort die Flüchtlinge behandelt.

Ich schaue Andrew fragend an. »Warum haben die beiden das nicht im Krankenhaus gemacht?«

Andrew seufzt. »Weil das leider nicht erlaubt ist. Vor der Behandlung im Krankenhaus prüfen die Schwestern am Empfang deine Identität, und da fliegt sofort auf, wenn du ohne Ausweisdokumente in den USA bist. Deswegen lassen sich die Flüchtlinge niemals in Kliniken oder Arztpraxen behandeln. So ist das System in den USA, und das ist furchtbar. Denn du kannst dir vorstellen, was passiert, wenn du krank oder verletzt bist und nicht die Möglichkeit hast, zum Arzt zu gehen.«

»Die Krankheit wird gefährlicher«, sagt Lara.

»Genau. Oder noch schlimmer: Du stirbst.«

Für einen Moment herrscht Schweigen an unserem Tisch. Ich habe in Hamburg zwar immer mal wieder Schlagzeilen zu den Problemen der Flüchtlinge in den USA und anderen Ländern gelesen, aber dass es so dramatisch ist, war mir nicht bewusst.

»Maria und die Ärztin hatten in dem Haus die wichtigste Ausrüstung, um bei den Menschen Erste Hilfe zu leisten. Auch wenn das nicht legal war, habe ich vor der Frau großen Respekt. Sie hat viele Menschenleben gerettet«, sagt Andrew. »Sie hat denen geholfen, die hilflos und verzweifelt waren.«

Lara und ich nicken.

»Und ausgerechnet damit haben die Eastside Boys dann Terry erpresst. Schäbiger geht es wirklich nicht mehr.« Andrew schüttelt ratlos den Kopf.

»Sie haben Terry gedroht seine Mutter bei den Behörden zu verpfeifen, wenn er durch absichtlich schlechtes Spielen nicht dazu beiträgt, dass die Spiele so ausgehen, wie es die Gang gern hätte.« Ich höre Andrew zu und blättere dabei in der Akte. In dem Protokoll steht, dass nur Terrys Mutter und ihr Mann von ihrer ehrenamtlichen Arbeit für die geheime Flüchtlings-Arztpraxis wussten. Sie haben nicht mal ihren Sohn eingeweiht. Maria sagte damals laut

Akte unter Tränen aus, sie haben ihn nur schützen wollen. Nach dem Motto: Je weniger er weiß, desto sicherer ist die Familie. Seit Donald Trump Präsident ist, greifen die USA in solchen Dingen hart durch, darüber haben wir mal etwas in der Schule gehört, als es um die Flüchtlingswelle in Deutschland ging. Terrys Mutter riskierte enorm viel, um notleidenden Menschen zu helfen. Eine echte Idealistin. Eine Heldin, denke ich mir.

Ich klappe die Akte zu. Ich bin so wütend auf die Eastside Boys. Wie kann man so etwas einer Familie antun?

»Das ist alles so krass«, sage ich zu Lara. »Was muss Terry für eine unglaubliche Angst gehabt haben. Was ist das denn für ein Leben, ständig im Kopf haben zu müssen, dass deine Mutter bald für Jahre in den Knast gehen könnte? Die hatten die Zukunft der gesamten Familie in der Hand. Terry hat sich für sie geopfert, indem er Spiele verschoben hat.«

Lara schaut mich ernst an. »Ich habe eben beim Lesen mit ihm mitgefühlt. Erst nach mehreren Monaten hat er sich getraut, zur Polizei zu gehen. Und die haben ihm und seinen Eltern dann das Zeugenschutzprogramm angeboten. Erst dann hat seine Mutter ausgesagt.«

Andrew zieht die Akte wieder vom Tisch und verstaut sie in seiner Tasche. »Neuer Pass, neuer Wohnort, neuer Name. Das FBI hat damals entschieden, Terry und seine Familie weit weg von Florida neu unterzubringen. Und weiter als Westküste geht es innerhalb der USA kaum mehr«, sagt er. »Sie durften natürlich niemandem etwas sagen. Eines Nachts hat sie das FBI weggebracht. Und alle Spuren gelöscht. Offiziell gab es die Familie nie. Terry und seine Eltern mussten alle ihre Social-Media-Accounts löschen, ihre Kontakte abbrechen, einfach alles.«

Deswegen hat Lara ihn unter seinem alten Namen online nirgends gefunden!

Andrew erzählt uns von den Polizisten, die an dem neuen Wohnort der Familie zur Sicherheit immer mal wieder Streife fahren. Das FBI hat ebenfalls besondere Sicherheitsvorkehrungen getroffen. Mir fällt die Kamera an der Haustür ein, die Craig gefilmt hat, als wir Terry am ersten Camp-Tag abholten. Und der schwarze Van vor der Tür.

Hab ich also richtig gesehen: Da war einer in dem Wagen. Ein FBI-Agent, der für Terrys Sicherheit sorgen sollte.

Ich sitze da und bin sprachlos. Es ist unglaublich warm in der Kneipe und mein Mund ist staubtrocken, doch ich kann gerade keinen Schluck von meiner Coke nehmen. Ich bin gar nicht richtig da, sondern in Gedanken bei Terry.

Wie ist das, wenn man all seine Freunde zurücklassen muss?

Und seiner Freundin nichts sagen darf?

Er muss genau gewusst haben, dass seine Freundin ihn hassen wird.

Weil er von heute auf morgen weg war.

Er muss gewusst haben, dass sie denken wird, er habe sie im Stich gelassen. Und dass sie denken wird, er habe sie nie geliebt. Dass sie ihm egal gewesen ist, die ganze Zeit. Aber er hatte keine Wahl ...

»Am ersten Tag des Camps hat Terry mir erzählt, er sei Mexikaner ...«, sage ich. »Und dass seine Eltern mal in Beverly Hills gewohnt haben.«

»Das war gelogen. Das hat er sehr sicher nur gesagt, damit niemand herausfindet, wer er in Wirklichkeit ist. Oder war«, entgegnet Andrew.

Ich erinnere mich daran, wie Terry sich unsicher umgeblickt hat, als Craig und ich ihn damals abholten. Und wie er am nächsten Morgen unsere Terrassentür abgecheckt hat.

Jetzt sehe ich das mit ganz anderen Augen.

Er hatte Angst. Er hatte immer noch die Furcht aus seinem alten Leben in sich. Terry hat geprüft, ob ihn jemand verfolgt, ob die Tür sicher ist. Der Arme. Und geholfen hat es ihm nichts …

»Laut Aussage bei der Polizei wollten seine Eltern Terry nie auf Reisen gehen lassen, weil er dort nicht so beschützt werden kann wie zu Hause«, erklärt uns Andrew. »Terry hat ihnen wegen des Camps nicht die Wahrheit gesagt, sie konnten nicht wissen, dass er da hingeht. Dennoch machen sie sich jetzt furchtbare Vorwürfe.«

Andrew blickt auf seine Armbanduhr. »Ich muss zurück in die Redaktion. Wenn ich euch noch irgendwie helfen kann, meldet euch. Aber schreibt mir zur Sicherheit nichts Konkretes zu Terry und dem Fall, weder bei WhatsApp noch bei Insta, das ist zu unsicher. Inzwischen können das nicht nur Hacker abfangen. Die wichtigen Dinge sollten wir immer persönlich besprechen, wo niemand mithören kann. Ich muss auch meine Informanten schützen.« Er umarmt Lara und gibt mir die Hand.

Lara deutet mit ihrem Kopf Richtung Ausgang, und wir brechen auch auf. Auf dem Weg zur Tür legt Andrew dem Barkeeper Ed zwei Scheine auf die Theke. Ed bedankt sich mit einem Nicken und brummt »Bis bald«, zumindest hört es sich so an.

»Eine Frage habe ich noch«, sage ich, als wir aus der Kneipe treten und uns die Sonne blendet. »Kann dein Kumpel beim FBI auch den Besitzer eines Autos ermitteln, wenn er das Kennzeichen hat?«

Lara und ich sitzen wieder im UBER, diesmal in einem silbernen Kleinwagen. Es ist ziemlich cool, dass sie schon mit 15 eine Prepaid-Kreditkarte hat. Mit der zahlt Lara unsere Fahrten, alles läuft über die App. Der indisch aussehende Fahrer hat orientalisch klingende Musik an und wippt zum Beat. Beim Nachdenken beobachte ich ihn.

Andrew hat bei unserer Verabschiedung vor der Bar versprochen, sich zu bemühen, erneut seine Kontakte zum FBI spielen zu lassen und den Halter des Cayennes rauszufinden. Aber wie lange wird das dauern? Ich rutsche unruhig auf meinem Sitz hin und her. Ich hasse es einfach, etwas nicht in der eigenen Hand zu haben. Wie beim Fußball: Du siehst, wie dein Mitspieler im Elfmeterschießen anläuft. Du vertraust ihm. Und doch kannst du nur beten, dass er trifft. Du selbst bist hilflos. Genauso fühle ich mich jetzt.

»Ich bin übrigens Shiva. Und ich möchte, dass sich meine Gäste bei mir im Auto wohlfühlen. Deshalb habe ich Wasser und Oreo-Kekse hier. Für jeweils einen Dollar.« Shiva öffnet stolz das Handschuhfach, das er in eine Minibar verwandelt hat. »Interessiert?« Er blickt uns grinsend an. Ich schüttele den Kopf.

Gedankenverloren klicke ich mich durch die geöffneten Apps meines Phones. *Einstellungen – Apple Watch suchen.*

Bringt zwar eh nichts, denke ich mir. *Aber was soll's.* Diese Stadt ist so riesig ... Und außerdem ist das Ding zuletzt immer abgestürzt. Ich bin echt down, und doch ist da dieser Gedanke: *Komm, einmal noch klicken. Was habe ich schon zu verlieren*?

Ich lege den Schalter auf Grün.

Und traue meinen Augen nicht.

Ich sehe auf der Karte vor mir tatsächlich etwas blinken. Einen Punkt. Er bewegt sich.

Ich schaue zu Lara rüber. Offenbar habe ich einen ziemlich irren Blick, auf jeden Fall fragt sie mich direkt, was los ist. Wortlos drehe ich das iPhone zu ihr.

»Sag mir bitte, dass das wirklich deine Apple Watch am Cayenne ist, von der du mir erzählt hast!«, sagt Lara. Ich nicke.

Und während ich vor Überraschung wie gelähmt bin, reagiert Lara sofort, zieht sich an der Rücklehne des Fahrers nach vorn und hält ihm mein Phone hin. »Hier, wir müssen bitte zu diesem blinkenden Punkt.«

Shiva lächelt. »Okay. Dann muss ich aber eine neue Route eingeben, das wird dann teurer.«

»Egal, machen Sie es bitte einfach«, ruft Lara. »Wir müssen schnell dorthin.«

Shiva lächelt immer noch. Er scheint sich total über den Auftrag zu freuen. »Gern. Aber sagt bitte Du zu mir, sonst fühle ich mich ein bisschen alt.«

Wir sind jetzt auf dem Highway und nehmen nach einigen Minuten eine Abfahrt. Ein Schild am Straßenrand verrät mir, dass wir im Stadtteil Inglewood sind. Wir kommen dem Punkt auf der Karte immer näher. Vorbei an Bürogebäuden fahren wir durch ein Industriegebiet. Und dann sehe ich ihn. Den schwarzen Cayenne. Ich kann ihn schon von Weitem erkennen und ticke Lara sofort an.

»Da!« Meine Stimme zittert.

»Halten Sie … ähhh … ich meine, halt *du* dich bitte hinter ihm. So unauffällig es geht«, weist Lara unseren Fahrer an.

»Ist das ein YouTube-Prank oder so? Ich liebe die!« Shiva lacht laut auf. »Kennt ihr den im Fahrstuhl? Wo einer sich als Zombie verkleidet hat und diese Frau erschreckt?« Er lacht noch lauter. »Wie geil, Mann, und jetzt bin ich bei so etwas selbst dabei.«

Lara zieht genervt ihre Augenbrauen hoch. »Nein, verdammt, das ist hier kein Prank. Das ist echt! Und megawichtig für uns. Bitte, mach einfach, was wir sagen. Wir geben dir nachher auch ein fettes Trinkgeld, versprochen.«

Zum ersten Mal verschwindet das Lächeln kurz auf Shivas liebem Gesicht, er wirkt enttäuscht. Nach ein paar Sekunden schießen seine Mundwinkel wieder nach oben. »Okay! Echt ist ja eigentlich noch besser als ein Prank.«

»Lass etwas Abstand zu dem Wagen«, sagt Lara.

Ich versuche, aus unserem Auto heraus zu erkennen, wer im Cayenne sitzt, doch auch die Rückscheibe ist verdunkelt. Zweimal müssen wir an Stopp-Schildern halten und stehen dann für einen Moment ganz nah hinter dem bulligen Geländewagen.

An einer Ampel fährt der Cayenne schließlich in eine dunkle Straße. Hier sind kaum Menschen unterwegs. Plötzlich beschleunigt er und biegt scharf links ab.

»Fuck!«, rufe ich. »Der hat gemerkt, dass wir ihm folgen. Der will uns abhängen!«

Shiva lächelt immer noch. »Bei GTA habe ich noch jeden bekommen. Das kriege ich hier auch hin.« Er drückt das Gaspedal runter und wir rasen dem Cayenne hinterher, bestimmt sind wir doppelt so schnell wie erlaubt.

Lara und ich werden auf der Rückbank in den Kurven hin und her geschleudert. »Anschnallen wäre vielleicht eine ganz gute Idee«, sage ich, und wir klicken unsere Gurte zu.

Lara greift meine Hand. Ihre Fingernägel bohren sich in meine Handflächen. Sie merkt das vor lauter Anspannung offensichtlich gar nicht. Ich könnte schreien. Vor Schmerz, vor Glück, vor Aufregung. Mein Herz pocht wie wild.

Unser Auto schießt weiter durch L.A. Der Cayenne hat sich einen ordentlichen Vorsprung rausgefahren, doch wir sehen ihn noch am Ende der Straße. »Schneller!«, rufe ich. Shivas Augen verwandeln sich zu entschlossenen kleinen Schlitzen, der Motor heult beim Runterschalten der

Automatik auf, und es drückt Lara und mich in die Polster. Shiva holt alles aus dem kleinen Wagen heraus, aber der Cayenne hat wahrscheinlich zehnmal so viel PS und entfernt sich immer mehr.

Ich bin aufgeregter als vor jedem Spiel. Als ich den ekligen Schmerz an der Kuppe meines Ringfingers spüre, ertappe ich mich schon wieder beim Abknabbern meiner Fingernägel. Vor lauter Anspannung habe ich mir dabei in die Haut unter dem Nagel gebissen. Es blutet. Ich denke nicht weiter darüber nach, denn die Hoffnung in mir wächst und drängt alles andere beiseite. Die Hoffnung, Terry zu finden.

Im Auto spricht jetzt keiner mehr. Unsere Blicke kleben an dem schwarzen Ziel unserer Jagd, das am Ende der Straße immer kleiner wird. Und plötzlich weg ist.

»Fuck! Ist er abgebogen?«, fragt uns Shiva.

»Muss er wohl. In Luft aufgelöst hat er sich bestimmt nicht.« Laras Ton ist ungewohnt rau, und ich merke jetzt, wie krass sie unter Spannung steht.

»Rechts? Oder links?« Shiva klingt ratlos.

»Das konnte man von hier nicht sehen. Mein Gefühl sagt mir rechts«, sage ich. Endlich kommen wir an der Kreuzung an, an der wir den Cayenne aus den Augen verloren haben, und Shiva befolgt meine Idee und biegt rechts ab. Wir blicken jetzt auf eine Straße, die schier endlos geradeaus führt. Und komplett leer ist.

»Also hier ist er nicht langgefahren. Er muss nach links abgebogen sein.« Shiva wendet in einer Einfahrt und rast in die andere Richtung. Nach ein paar Hundert Metern kommen wir an einen Kreisverkehr mit vier Ausfahrten.

»Shit, Mann! Der kann überall hin sein«, sagt Lara verzweifelt.

»Zum Glück haben wir noch meine Apple Watch.« Ich

entsperre mein Phone und rufe die Karte auf. Der Punkt auf dem Display ist verschwunden.

»Ich sehe ihn nicht mehr in der App. Das kann doch nicht sein! Eben war er doch noch da.«

Lara zeigt aus dem Seitenfenster auf den Asphalt und presst die Lippen zusammen. »Ich befürchte, ich weiß, warum.«

Ich beuge mich an ihr vorbei Richtung Fenster. Und erkenne auf der Straße meine geliebte Uhr, die in tausend Einzelteile zersprungen ist.

»Entweder haben die Entführer die Uhr entdeckt. Oder sie ist abgefallen.« Wir sitzen mit Shiva im Sidewalk Café und erholen uns von der aufreibenden Verfolgungsjagd. Lara hat einen Korb Fish Tacos vor sich, Shiva einen doppelten Cheeseburger und ich habe mich für den Caesar Salad entschieden. Sosehr ich Fast Food liebe, im Camp muss ich Topleistungen bringen, das geht nur mit der richtigen Ernährung. Wie sagt Craig immer so schön: Wer Profi werden will, muss wie ein Profi leben. Außerdem ist es schon 22 Uhr, zu viel Fett würde mir heute Nacht schwer im Magen liegen.

»Sie muss abgefallen sein. Kein Wunder, so schnell wie die gefahren sind«, sage ich.

Fast eine Stunde haben wir zurück nach Venice gebraucht, und Shiva schlug vor, dass wir ihn zum Essen einladen, statt ihm einfach nur das versprochene Trinkgeld zu geben. Ich glaube, er braucht nach dieser verrückten Fahrt auch erst mal eine Pause. Und mag uns einfach.

»Mann, wir waren so nah dran! Wir hätten ihn fast gehabt.« Ich bin gerade alles auf einmal: total müde, frustriert, enttäuscht. Und ich sehe Lara an, dass es ihr nicht besser geht.

Während wir essen, öffne ich YouTube. Da ist es, mein neues Video, das wir am Pier aufgenommen haben.

BUDDY ENTFÜHRT! BITTE HELFT MIR!
127 288 Aufrufe 456 Kommentare

Coole Überschrift hat sich Sebi da überlegt. Und enorm viele Klicks für die paar Stunden.

Plötzlich erscheint Sebis Gesicht auf meinem Phone und füllt das ganze Display aus. Auf dem Bild hat er grüne Haare, ein weiß geschminktes Gesicht und blutrote Lippen. Ich habe es auf der Halloween-Party in der Schule letztes Jahr aufgenommen und als sein Anruferfoto bei FaceTime eingestellt. Eigentlich muss ich immer lachen, wenn ich es sehe, aber selbst dafür bin ich jetzt zu müde und abgefuckt von der heutigen Verfolgungsjagd.

»Yo, Sebi Mann, wie geht's dir?«, begrüße ich meinen besten Freund mit träger Stimme.

»Gut Bro, danke. Hier ist es erst sieben Uhr morgens, hab heute zur Dritten und chille noch ein bisschen, ganz entspannt. Aber du hörst dich nicht gut an.«

»Ja Mann, wir hätten heute fast das Auto des Entführers erwischt, aber dann haben wir es doch noch verloren. Wir sind deswegen ein bisschen down, weißt du?« Ich schwenke mit der Kamera auf unseren Tisch, und Lara und Shiva winken. »Da ist übrigens Shiva, unser todesmüder Fahrer und ein neuer Freund von uns. Er ist crazy, aber cool.«

Lara und Shiva winken Sebi lächelnd über die Cam zu.

»Ah, nice! Ich denke, ich kann eure Stimmung ein bisschen verbessern. Hast du dir schon mal die Kommentare unter deinem neuen Video angesehen?«

Ich schüttele den Kopf. »Noch nicht zu gekommen, wir waren die ganze Zeit unterwegs.«

»Okay. Schau dir unbedingt mal den von einem gewissen Noah an, vor drei Stunden.«

Ich reibe mir meine müden Augen.

»Digga, wir sind alle völlig durch. Ich weiß nicht, ob wir unsere Zeit jetzt mit irgendwelchen tollen Kommentaren verschwenden sollten ...«

Sebi beugt sich vor und wird noch größer auf dem Display. »Josh, Mann, guck ihn dir einfach an.«

Sebi hat dir noch nie einen schlechten Rat gegeben. Mach einfach.

»Okay, okay, schon gut. Ich melde mich wieder.«

Ich beende den Anruf, switche zur YouTube-App und scrolle mich durch die Kommentare. Die meisten sind nett, aber nicht hilfreich, viele so nach dem Motto #vollgeildassduinLAbistichwilldaauchvollgernmalhinaberwodeinfreundterryistauchkeineahnungabervielerfolgbeidersucheichfeierdich.

Und dann sehe ich ihn. Diesen Kommentar, der mir das Blut in den Adern stocken lässt. In dem Noah geschrieben hat:

»Schreib mir mal 'ne DM bei Insta. Ich glaube ich weiß, wo Terry ist.«

9 Der wichtigste Insta-Chat ever!

KickitlikeJosh!
Hey Noah! Alles fit? Danke für deinen Kommentar bei YouTube.
Was weißt du über Terry?

IamNoah
Hi Josh! Wie krass, Mann!!! Bist du es echt? Ich bin übelster Fan. Das fühlt sich so surreal an, mit dir zu schreiben. Ich spiele auch Fußball, C-Jugend bei Unterhaching, das ist in der Nähe von München.

Klar bin ich es! Hab doch den blauen Haken bei Insta ☺ Und ich kommuniziere immer selbst mit meiner Community, das ist für mich selbstverständlich. Also, kannst du uns helfen?

Mega von dir! Okay, das Ding ist: Ich bin gerade mit meinen Eltern und meiner Schwester im Urlaub, wir machen 'ne Rundreise durch Kalifornien. Jetzt gerade sind wir ein paar Tage in L.A. und wohnen bei meiner Tante. Sie und ihr Mann haben eine Autowerkstatt. Gestern bin ich mit ihr einkaufen gefahren, weil wir abends kochen wollten und meine Mutter halt meinte, ich muss ein bisschen helfen. Auf dem Weg zum Supermarkt ist meiner Tante dann eingefallen, dass sie ihr Ladegerät für das Handy in der Werkstatt vergessen hat. Wir sind dann kurz dort rumgefahren. Als ich im Auto auf sie gewartet hab, habe ich gesehen, wie an einem Fenster im Gebäude nebenan dieser Junge war, von dem du das Foto mit dir gepostet hast. Dieser Terry.

»Josh, willst du noch etwas trinken? Es ist halb elf, du musst gleich zurück im Camp sein, und Dad wird auch sauer, wenn ich nicht bald zu Hause bin.« Laras Stimme schafft es, meinen gebannten Blick kurz von meinem Phone zu lösen, sodass ich aufhöre zu tippen.

»Ja. Bestellt ihr beiden doch schon mal die Rechnung, ich muss hier eben noch mit Noah schreiben, das ist zu heftig!«

Was hat Terry am Fenster gemacht?

Er hat nur kurz rausgeguckt. Dann ist er auf einmal verschwunden. Mit so 'ner richtig hektischen Bewegung. Als hätte ihn jemand vom Fenster weggezogen. Ich hab mir halt nichts weiter dabei gedacht. Heute habe ich dann dein Video gesehen. Und ich nur so: Krass! Das war der Typ.

Bist du dir ganz sicher? Du hast ihn doch nur kurz gesehen, wenn ich es richtig verstehe?

Hundertpro war er das! Wie viele Jungs mit einem Schildkröten-Tattoo am Hals kennst du denn? Das ist so speziell, das ist mir sofort aufgefallen.

Wo war das? Wie ist die Adresse von der Werkstatt deiner Tante???

Kein Plan, bin das erste Mal in L.A. Ich frag sie. Warte ...

1250 South La Brea Avenue

Mega! Du bist der Beste! Tausend Dank. Das hilft uns so irre weiter. Ich schick dir als kleines Dankeschön einen der Hoodies aus meiner neuen KickitlikeJosh!-Kollektion. Welche Größe?

Gern geschehen, Bro. Man hilft doch, wo man kann. Größe M.

Okay! Eins noch: Du bist dir wirklich vollkommen sicher mit deiner Story? Sorry, dass ich nachfrage, aber bei YouTube und Insta wollen sich manche auch nur wichtigmachen. Hab schon die verrücktesten Sachen erlebt. Bei dir habe ich ein gutes Gefühl. Ich muss aber fragen.

Ich schwöre es!

Alles klar. Danke, Mann. Wenn du noch irgendetwas siehst oder Hinweise hast, melde dich, okay?

Klar! Viel Erfolg weiterhin.

»Ey Leute, dieser Noah weiß echt, wo Terry ist. Wir müssen da so bald wie möglich hin.«

»Wo denn?«, fragt Lara. Ich erzähle ihr, was Noah mir geschrieben hat.

»Und woher weißt du, dass dieser Noah keinen Scheiß erzählt? Du kennst ihn doch gar nicht.«

»Ich weiß es nicht«, sage ich. »Aber ich habe da so ein Gefühl. Und außerdem: Haben wir eine Wahl?«

Lara und Shiva sehen mich ernst an. Schließlich schüttelt Lara den Kopf. »Nein, du hast recht. Wir müssen ihm trauen. Und wir müssen die Polizei informieren.«

»Auf keinen Fall. Diesem ekligen Officer Lazar traue ich nicht mal von hier bis zum nächsten Tisch.« Ich zeige zum Ecktisch neben uns, an dem sich eine Familie Nachos und Burger reinzieht. »Der war einfach so komisch und verkrampft in der Villa. Der hat sich richtig seltsam verhalten. Und sein Blick … Ich habe ein ganz schlechtes Gefühl bei dem.«

»Josh, es geht vielleicht um Terrys Leben! Um das Leben deines Freundes.« Lara sitzt mir gegenüber, greift über den Tisch meine Hand und sieht mich eindringlich an. »Sei vernünftig. Die Polizei holt ihn da raus. Wir rufen den Officer an.«

Dieses Mädchen ist der Wahnsinn. Aber ich bin einfach der Meinung, dass es falsch wäre.

»Nein. *Wir* müssen Terry da rausholen. Ich vertraue hier keinem mehr außer euch.«

»Und wie willst du das bitte machen? Und wann?«

»Wir treffen uns um ein Uhr bei dir. Am liebsten würde ich jetzt schon hin, doch dann fliege ich im Camp auf. Die müssen alle tief und fest schlummern, erst dann kann ich raus. Ich schleiche mich aus der Camp-Villa, um die Zeit werden alle eingeschlafen sein, auch Craig. Und du musst irgendwie unbemerkt von zu Hause verschwinden. Kriegst du das hin?«

Ich sehe die Angst in Laras Augen. »Das ist 'ne Nummer zu groß für uns. Ich hab kein gutes Gefühl dabei«, sagt sie, und ihre Stimme wird immer schwächer.

»Wir packen das! Shiva, kannst du uns fahren?«

Shiva grinst und lässt spielerisch den Autoschlüssel zwischen seinen Fingern hin und her fliegen. »Wenn du mir sagst, wo eure Camp-Villa ist, bin ich um ein Uhr da.«

Ich liege im Bett und starre gefühlt jede halbe Minute auf das Handy. 0:56 Uhr. Die Nacht ist stockdunkel. In der Villa ist schon seit über einer Stunde nichts mehr zu hören, und das Warten macht mich wahnsinnig. So leise ich kann, öffne ich meinen Schrank. Meinen Trainingsanzug habe ich schon vorhin angezogen, seit einer Stunde bin ich komplett bereit für unsere Mission. Ich bin den ganzen Abend so nervös, dass ich nicht stillsitzen oder liegen kann. Ich knülle einige Pullover zusammen und stopfe sie unter die Bettdecke. Falls jemand reinkommt, sieht es zumindest einigermaßen so aus, als würde ich zusammengekuschelt vor mich hin träumen.

Mit beiden Händen drücke ich die Türklinke runter. In irgendeinem Lifehack-Video habe ich mal gesehen, dass sich Türen so leiser öffnen lassen. Am liebsten würde ich durch die Terrassentür raus, doch die kann ich von außen nicht wieder schließen, also muss ich durch den Flur. Meine Schuhe halte ich in der Hand und schleiche auf Socken durch die Lobby. Ich ziehe die Haustür sanft hinter mir zu, schlüpfe in meine Sneaker und gehe leise zur Straße. Shiva wartet wie verabredet einige Häuser weiter.

»Danke fürs Abholen. Let's go! Jetzt zu Lara«, sage ich beim Einsteigen. Wenige Minuten später halten wir rund hundert Meter vor Laras Haus. Auch hier haben wir einen Sicherheitsabstand vereinbart, damit Shivas Auto nicht auffällt und niemand im Haus von den Motorengeräuschen wach wird.

1:05 zeigt die Uhr im Wagen an.

»Wo bleibt sie?«, frage ich mehr mich selbst als Shiva.

Die Straße ist komplett leer. Die unglaubliche Weite und Dunkelheit des Nachthimmels wirken erdrückend. Der Mond wirft nur einen schwachen Schein auf den Asphalt.

In meinem Kopfkino startet direkt ein Blockbuster. Vor meinem inneren Auge sehe ich, wie Lara beim Rausschleichen aus Versehen eine riesige Vase umkippt, die im Flur in tausend Teile zerspringt und ihren Dad aus dem Schlaf reißt.

»Da vorn!«, reißt Shiva mich aus meinen Gedanken und zeigt auf eine dunkle Gestalt, die aus dem Garten der Familie meines Camp-Leiters Mitch hervorschießt.

»Sorry für die Verspätung. Ich habe gehört, wie Dad auf die Toilette gegangen ist, und musste noch warten«, erklärt Lara, als sie zusteigt.

»Wie bist du rausgekommen?«, frage ich.

»Durchs Fenster.«

Shiva hat die Adresse in sein Handy eingegeben und lenkt uns durch das dunkle L.A. Bei Nacht hat diese sonst so hektische Stadt etwas Beruhigendes, all die Lichter der Häuser und Straßenlaternen lassen sie funkeln.

»Okay, ich hab mir das Gelände neben der Werkstatt von Noahs Tante bei Street View so genau wie möglich angeschaut. Es ist eine Lagerhalle, die außenrum von einem ziemlich hohen Zaun umgeben ist. Ich hoffe, es ist noch alles so wie auf den virtuellen Bildern, denn ich habe keine Ahnung, wie alt die sind.« Ich hole mein Phone raus und zeige es Lara. »Shiva wird uns auf der Rückseite der Halle absetzen. Dort ist eine Hintertür.« Ich male mit dem Finger auf dem Display einen Weg auf. »Wir beide müssen über den Zaun klettern und checken, ob die Tür offen ist.«

»Die ist doch hundertpro zu«, sagt Lara.

»Abwarten. Wenn sie wirklich verschlossen ist, müssen wir durch irgendein Fenster rein. Shiva wartet hinten. Ich hab auf einer Seite einen meiner AirPods im Ohr, wir sind also die ganze Zeit in Verbindung. Ich halte dich auf dem Laufenden.«

Shiva nickt, während er weiter auf die Straße blickt.

Nach einer halben Stunde Fahrt kommen wir an. Die Lagerhalle liegt dunkel vor uns und wirkt völlig verlassen. Aus dem Auto suche ich den Zaun und den Hintereingang nach Überwachungskameras ab. Ich entdecke eine, direkt an der Hintertür. »Fuck. Wenn die Entführer da drinnen sind, haben sie sicher auch einen Bildschirm, auf dem sie die Kameraaufnahmen sehen. Der Eingang ist für uns gestorben«, sage ich zu Lara.

An der Seite der Halle führt eine Feuertreppe auf das Dach, auf dem von uns aus zwei schmale Fenster zu erkennen sind. »Wir gehen da hoch«, sage ich.

Lara sieht mich jetzt ganz anders an als vorhin im Sidewalk Café. »Immer noch ein schlechtes Gefühl?«, frage ich.

Sie schüttelt den Kopf. »Nein. Wir schaffen das. Ich will dir unbedingt helfen.« Die Angst aus ihren Augen ist verschwunden. Stattdessen strahlt sie Entschlossenheit aus. Lara blickt zur Lagerhalle. »Ich glaube, es ist wie beim Surfen. Wenn die Welle auf einen zukommt, hat man Angst. Wir müssen uns der Angst stellen. Dann können wir die Welle perfekt reiten. Terry braucht uns, er braucht unseren Mut.« Laras Satz ist für uns der Startschuss.

Wir huschen zum Zaun und klettern so schnell wie möglich rüber, zum Glück hat er keinen Stacheldraht. Über einen Hof eilen wir weiter zur Feuertreppe. Wir haben gerade die Hälfte der Treppe geschafft, als ich auf dem Hof Schritte höre. »Schneller!«, raune ich Lara zu, die einige Stufen hinter mir ist. Wir nehmen jetzt zwei Stufen auf einmal, und beim Rennen schaue ich immer wieder nach unten. Ein Typ steht da und schaut sich in beide Richtungen um. Als ich sehe, was er in der Hand hält, schlägt mein Herz wie wild. Es ist ein Baseballschläger. Von hier oben kann ich den Typen im Dunkeln nicht genau erkennen, auf jeden Fall ist er groß. Er lässt den Schläger aus dem Handgelenk heraus durch die Luft schwingen. Zum Glück blickt er nicht in unsere Richtung. Aber es dürfte nur eine Frage der Zeit sein, bis er das macht.

»Los jetzt!«, flüstere ich Lara zu. Als ich auf dem Dach ankomme, ziehe ich sie nach der letzten Stufe von der Treppe weg hinter einen gemauerten Schornstein. Vorsichtig beuge ich meinen Kopf vor und sehe, wie der Typ in die Lagerhalle geht.

»Okay, ganz leise jetzt. Die dürfen da drinnen auf keinen Fall unsere Schritte hier oben hören.« Lara ist ganz nah neben mir, die Anziehungskraft zwischen uns wird immer stärker. Sie schaut mich an – und ich fühle den Boden nicht mehr. Ich würde sie so gern küssen.

Nicht jetzt, Mann. Wie kannst du in diesem Moment überhaupt daran denken?

Auf allen vieren robben wir uns vorsichtig zu den schmalen, schrägen Dachfenstern vor. Eines ist leicht gekippt, und Lara und ich können durch die Öffnung in die Halle sehen. Das einzige Licht in dem Gebäude ist eine Art Kellerlampe an der Wand, welche nur einen kleinen Teil der Halle erhellt.

Dennoch erkenne ich ihn sofort.

Krass!

Der Typ mit dem Baseballschläger ist der Junge, den ich auf Morissons Party gesehen habe. Den ich aus Versehen angestoßen habe, als ich nach meiner Entdeckung im hinteren Gartenteil zurück auf die Terrasse wollte. Er trägt wieder diese Lakers-College-Jacke. Der Typ sieht ziemlich fertig aus, dabei dürfte er kaum älter sein als ich.

Auf ein paar Kisten in der Halle unten sitzen die beiden Jungs, die mit ihm auf der Party waren. Einer ist sehr klein und trägt einen Jogginganzug, der andere würde von der Statur als Türsteher durchgehen. Und daneben steht er, der schwarze Cayenne. An der linken Wand der Lagerhalle erkenne ich die Umrisse eines Garagentors, durch das sie reingefahren sein müssen.

»Ich habe den Typen in der Jacke neulich auf Morissons Party gesehen. Kennst du ihn?«, frage ich Lara flüsternd.

Sie kneift angestrengt die Augen zusammen und mustert ihn. Dann schüttelt sie den Kopf. »Noch nie gesehen. Glaube nicht, dass der aus Venice ist.«

Der Junge mit der Jacke setzt sich neben die anderen auf eine Kiste. »Draußen ist niemand. War wahrscheinlich irgendein Scheißköter, den ihr da gehört habt.« Er lässt den Schläger in einer Hand rotieren, zieht mit der anderen Hand einen Schokoriegel aus seiner Jackentasche und beißt hinein. »Ihr dürft nicht immer so paranoid sein.«

»Was machen wir jetzt mit ihm, Curtis?«, fragt der Junge im Jogginganzug und deutet mit einer Kopfbewegung auf eine Stahltür am Ende der Halle, die mir bislang nicht aufgefallen war.

Der Junge in der Jacke, Curtis, kratzt sich am Kopf. »Wie lange habt ihr ihm jetzt nichts zu essen gegeben?«

»Seit gestern Mittag«, antwortet der Typ im Jogginganzug.

»Und er hat immer noch nichts zu dem Prozess gesagt?«

»Nein, Mann. Wir haben ihn gestern schon die ganze Zeit in dieses dunkle Loch gesperrt, aber der Junge ist echt zäh, Alter.«

Curtis steht auf und tritt wütend gegen eine Kiste. »Zäh also, ja? Das werden wir ja sehen. Ihr seid noch viel zu nett zu dem, das ist euer Problem. Holt ihn mir her!« Der Kleine und der Türsteher setzen sich sofort in Bewegung, schließen die Tür auf und verschwinden dahinter.

»Der kommandiert die ja total rum. Scheint ihr Anführer zu sein«, sage ich leise zu Lara.

Unten öffnet sich wieder die Tür, und die beiden schieben einen Jungen vor sich her, der seine Schultern runterhängen lässt. Er wirkt sogar aus der Entfernung von hier oben kraftlos und eingefallen. Seine Hände sind ihm auf den Rücken gefesselt.

»Terry!« Es ist ein Reflex, dass ich seinen Namen sage.

»Pssst!«, ermahnt mich Lara. »Die entdecken uns noch.«

»Diese Wichser! Was machen die da mit ihm?« Meine Gesichtshaut prickelt vor Wut.

Die beiden Typen schubsen Terry auf eine der Kisten, und Curtis baut sich vor ihm auf.

»Jetzt hör mir mal genau zu, du kleiner Bastard«, sagt er so ruhig, dass es angsteinflößend wirkt. »Du brauchst hier gar nicht einen auf Ich-halte-das-schon-durch machen. Denn wir legen jetzt erst richtig los mit dir.« Curtis holt mit dem Baseballschläger aus und rammt ihn Terry in den Magen. Terry schließt mit schmerzverzerrtem Gesicht seine Augen und krümmt sich zusammen.

»Du wirst in diesem verdammten Prozess gegen uns Eastside Boys kein Wort sagen, ist das klar!« Curtis' Stimme bebt. Er brüllt jetzt, und der Hall in der Lagerhalle wirkt wie ein Verstärker. »Mein Boss macht mir ohne Ende Druck. Der will auf keinen Fall wegen eines kleinen Wurms wie dir in den Knast gehen. Hast du mich verstanden?« Für einen Moment ist es ganz still in der Halle. »Ob du mich verstanden hast, will ich wissen!« Curtis brüllt noch lauter.

Terry hat sich von dem Schlag offensichtlich etwas erholt und hält Curtis' Blick stand. Er beugt sich zu ihm vor.

»Ich scheiß auf dich und deinen Boss! Eure Gang hat mir mein Leben lang genug zur Hölle gemacht. Ich lasse mich von euch nicht länger erpressen.« Terry legt seinen Kopf in den Nacken, macht ein würgendes Geräusch, schleudert seinen Kopf nach vorn und spuckt Curtis ins Gesicht. Curtis verzieht angewidert den Mund, und seine bleiche Visage wird innerhalb einer Sekunde knallrot.

»Du hast es nicht anders gewollt ...« Er legt seinen Schläger auf eine der umstehenden Kisten und zieht seine Jacke aus. »Du wirst in dem Prozess nicht aussagen. Und wenn die Scheiße vor Gericht erst vorbei ist und wir freigesprochen sind, wird mein Boss noch jede Menge Geld mit dir verdienen. Du bist der Beste darin, Spiele zu verschieben, das hast du ja schon bewiesen. Und wenn du erst Profi bist, wirst du uns so richtig reich machen.« Curtis krempelt sich die Ärmel seines Sweatshirts hoch. »Aber jetzt bekommst du erst mal eine Abreibung, damit du aufhörst so stur zu sein.« Er verpasst Terry einen Faustschlag, und das Blut spritzt aus seinem Mund. Der Anblick lässt mich zusammenfahren.

»Shit, Mann. Wir müssen etwas machen!«, sage ich zu Lara und schaue mich Hilfe suchend um. Von der Decke der Halle hängt eine dicke, rostige Eisenkette herunter, an deren Ende ein spitzer Haken befestigt ist. Ich strecke vorsichtig meinen Arm durch das Fenster und ziehe die Kette zu mir ran. »Josh, denk nicht mal dran! Die hält dich doch nie! Wer weiß, wie alt das Teil ist.« Lara kennt mich inzwischen echt gut, sie scheint genau zu wissen, was ich vorhabe.

»Ach, das wird schon halten«, sage ich und merke, wie meine eigenen Zweifel rauszuhören sind. Aber jetzt bleibt keine Zeit zu zögern. »Es muss irgendwie gehen. Lauf du die Treppe runter und dann zum Hintereingang.«

»Schon vergessen, dass da die Überwachungskamera ist? An der komme ich doch nicht vorbei.«

»Genau! Planänderung! Du sollst mitten ins Bild laufen. Ich wette, die ist mit einem Alarmsystem verbunden. Der soll richtig schön losgehen. Und dann kann ich Terry hoffentlich rausholen. Sobald du bei der Kamera warst und das Gefühl hast, dass sie dich aufgenommen hat, haust du über den Zaun ab, so wie wir gekommen sind. Shiva wartet auf dich.« Ich rücke meinen Kopfhörer zurecht. »Shiva, bist du ready?«

Die Verbindung ist nicht perfekt, aber ich höre unseren Freund im Auto sagen: »Alles klar, bin bereit.«

Lara sieht mich an. »Ich komme gleich mit Terry nach, wird schon klappen«, versichere ich ihr. Sie nickt und will gerade lossprinten, dreht sich aber um und kommt noch mal zurück. Mit beiden Händen packt sie ruckartig mein Gesicht, schließt die Augen, zieht meinen Kopf zu sich ran und küsst mich. Der Kuss ist kurz und etwas hektisch. Und der schönste, den ich je bekommen habe. Ihre Lippen sind wunderbar warm und weich. Das Gefühl ist nicht von dieser Welt. Ich glaube, ich bekomme einen Herzkasper.

»Wir sehen uns gleich, versprochen?«, sagt sie.

»Versprochen.« Ich sehe Lara hinterher, wie sie die Treppe vom Dach runterläuft.

Plötzlich höre ich eine Stimme in meinem Ohr, genauer gesagt durch meinen AirPod. »Das habe ich genau gehört! Klang gut, mein Lieber. Glückwunsch.« Shiva! Der Typ kann selbst jetzt nicht seinen frechen Mund halten.

»Alter, konzentrier dich. Lara kommt gleich zu dir«, sage ich über das Mikro am Kopfhörer zu Shiva. Aber innerlich muss ich kurz schmunzeln.

Lara ist jetzt ungefähr eine Minute lang weg, ich beobachte die Jungs um Terry herum in der Lagerhalle. Curtis bellt ihn weiter an. »Das war nur ein kleiner Vorgeschmack dessen, was wir mit dir machen werden, wenn du uns nicht hilfst, die Spiele so ausgehen zu lassen, wie wir es wollen. Wir behalten dich hier, bis der Prozess vorbei ist. Danach wirst du sagen, dass du den Gerichtstermin vergessen hast und nicht mehr aussagen willst. Wir wollen doch schließlich nicht, dass deiner Mama etwas passiert …«

»Lass meine Mutter aus dem Spiel, du Hundesohn!«, schreit Terry Curtis an.

Plötzlich erfüllt ein schrilles Alarmgeräusch die Halle. Curtis rennt zu seiner Jacke und zieht sein iPhone heraus. »Fuck! Die Alarm-App zeigt an, dass da draußen jemand an der Hintertür ist. So 'ne Blonde.« Curtis blickt zuerst zu der verschlossenen Tür und dann zu seinen beiden Jungs, die ihn überrascht ansehen. »Ja was glotzt ihr so blöd? Guckt nach, was die Bitch da verdammt noch mal macht.«

Die beiden hetzen durch die Halle zur Tür, ich greife mit beiden Händen nach der Kette und klettere, so schnell es geht, an ihr herunter. Ich komme mir vor wie ein kleines Äffchen, nur ungeschickter. Die Kette ist eiskalt, und zwei Mal rutsche ich fast ab, weil meine Hände durch den Angstschweiß ganz nass sind. Aus dem Augenwinkel behalte ich Curtis im Blick, der Terry bewacht und nervös zur Hintertür starrt.

Hoffentlich ist Lara rechtzeitig abgehauen. War es richtig, sie so in Gefahr zu bringen?

Auf einmal spüre ich, wie die Kette nachgibt. Reflexartig blicke ich nach oben und realisiere, wie eines der verrosteten Glieder bricht. Ich knalle auf den harten Betonboden der Halle, der abgebrochene Teil der Kette stürzt auf mich. Beim Aufprall knickt mein rechter Fuß weg und ein stechender Schmerz schießt in meinen Knöchel. Am Boden liegend fange ich Curtis' Blick auf.

»Was zur Hölle …«, brüllt er, und ich sehe ihm an, wie sein Hirn zu arbeiten beginnt. »Du bist der Lappen, der mich auf der Party neulich so dumm angerempelt hat.« Er greift sich seinen Baseballschläger und kommt auf mich zu. Seine Augen flackern bedrohlich. »Keine Ahnung, wie du hierhergefunden hast, aber du wärst besser nicht aufgekreuzt.« Er hält den Schläger jetzt mit beiden Händen und kommt näher. Mit seiner Haltung macht er mir unmissverständlich klar, dass er gleich liebend gern zum Schlag ausholen wird. Mein Fuß schmerzt brutal und hindert mich daran, schnell hochzukommen. In Gedanken spüre ich schon den Schläger auf mein Gesicht zufliegen und sich in meinen Kopf bohren, als ich hinter Curtis das rechte Bein von Terry ausholen sehe. Er trifft ihn mit voller Wucht, Curtis schleudert nach vorn und lässt den Baseballschläger fallen. Er schliddert in meine Richtung und bleibt zwischen mir und Curtis liegen. Kurz wirkt er benommen, dann robbt er sich in Richtung des Schlägers. Doch ich bin einen Schritt schneller, schnappe ihn mir und rufe: »Bleib genau da liegen!«

Rückwärts gehe ich zu Terry und lasse Curtis keine Sekunde aus den Augen.

»Alter, ich bin so froh, dich zu sehen.« Terry umarmt mich. Er sieht echt kaputt aus, die Ringe unter seinen Augen sind so dunkel wie der Ozean bei Nacht, seine Kleidung ist total dreckig, seine Haut kreidebleich. Und er trägt keine Schuhe, nur Socken.

»Wir müssen hier raus, die anderen beiden kommen bestimmt gleich wieder rein.« Ich blicke zu Curtis. »Und du, geh da rein!« Mit dem Schläger weise ich auf die Tür, aus der sie Terry geholt haben.

»Fick dich!«, spuckt mir Curtis entgegen. Ich gehe mit dem Baseballschläger auf ihn zu, und meine Wut ist mir offenbar anzusehen. Niemals würde ich jemanden den Kopf einschlagen, aber das weiß Curtis ja zum Glück nicht. Er verzieht sich widerwillig in Terrys ehemalige Zelle oder wie man auch immer diesen dunklen Raum in dieser schäbigen Halle nennen soll. Ich drücke die Tür hinter ihm zu und ziehe den steckenden Schlüssel ab. Dann laufe ich mit Terry zum Garagentor. An der Wand entdecke ich einen Schalter und fahre das Tor gerade so weit hoch, dass wir untendurch krabbeln können.

»Ey! Stehen bleiben!« Ich sehe Curtis' Komplizen im Jogginganzug durch den Hintereingang reinkommen, als wir uns unter dem Garagentor aus der Halle zwängen. Neben ihm der Türsteher-Typ. Lara haben sie zum Glück nicht.

»Los, wir müssen um die Halle rum, wir haben einen Wagen dort stehen. Shiva, kannst du näher an uns rankommen, kannst du uns entgegenfahren? Wir brauchen dich hier.« Keine Antwort. Ich fasse an mein Ohr und fühle nach meinem AirPod. Nichts. Verdammt! Ich muss das Ding bei meinem Sturz von der Eisenkette verloren haben.

Ich sehe Terry an, wie entkräftet er ist. Das Laufen fällt

ihm sichtlich schwer, er ist viel langsamer als sonst. Und mein Knöchel brennt bei jedem Schritt vor Schmerz. Irgendwie schaffen wir es zum Zaun, ich mache eine Räuberleiter, und Terry ist als Erster drüber. Mit letzter Kraft ziehe ich mich auch über ihn, und gemeinsam laufen wir zu Shivas Auto, das mit laufendem Motor auf uns wartet. Ich reiße die Beifahrertür auf und schiebe Terry hinein, dann werfe ich mich mit dem Schläger in der Hand auf die Rückbank. Und lande auf Lara.

»Fahr!«, brülle ich Shiva an. Völlig überflüssig, er gibt bereits Vollgas, aber mein Adrenalin macht jetzt, was es will, und bahnt sich seinen Weg durch meine Stimmbänder hinaus.

»Bei dir alles okay?«, frage ich Lara.

Sie nickt. »Wäre doch gelacht, wenn ich mit den beiden Idioten nicht fertiggeworden wäre.« Sie grinst, und die kleine Narbe auf ihrer Wange verwandelt sich dadurch in etwas, das wie ein Smiley aussieht.

Terry dreht sich zu uns um. »Danke, Leute.« Lara umarmt ihn, so gut es von der Rückbank aus geht. Ihre Augen füllen sich mit Tränen der Erleichterung. Shiva brettert Richtung Venice, und von uns allen fällt die Anspannung ab, im Auto ist es ganz kurz ganz ruhig. Wir müssen alle erst wieder Luft bekommen. Als sich mein Puls einigermaßen reguliert hat, sprudeln alle Fragen auf einmal aus mir heraus. Ich kann jetzt keine Rücksicht darauf nehmen, dass Terry total fertig ist, ich brauche endlich Antworten. Antworten auf die Fragen, die mich kaum schlafen lassen.

»Was haben die mit dir gemacht? Was ist neulich Nacht bei uns in der Villa passiert? Wieso lag dein Nike im Garten und war voller Blut?«

Und dann beginnt Terry zu erzählen. Wie er in der Nacht neulich wach wurde, ihm zwei vermummte Gestalten einen Knebel in den Mund stopften und ihn aus unserem Zimmer zogen. »Die waren richtig professionell vorbereitet. Die müssen die Terrassentür lautlos aufgebrochen haben. Irgendwie habe ich es noch geschafft, mein Handy zu greifen. Das habe ich unauffällig in der Kängurutasche meines Hoodies versteckt, den ich immer zum Schlafen trage. Dann haben sie mich durch den Garten geschleift, wo ich mit dem Fuß an der Sprinkleranlage auf dem Rasen hängen geblieben bin. Das hat sofort angefangen zu bluten wie Sau, und ich habe dabei meinen rechten Nike verloren.«

Terry zieht sein Hosenbein hoch, und an seinem unteren Schienbein kommt eine tiefe Wunde zum Vorschein. Er streicht mit der Hand darüber. »Geht aber schon wieder.«

Terrys Erzählung schleudert mich gedanklich in die Nacht seiner Entführung zurück. »Und dann haben sie dich in den Cayenne gesteckt …«, sage ich.

»Genau. Im Auto waren sie kurz abgelenkt, weil sie dich im Rückspiegel gesehen haben. In dem Moment habe ich dir dann noch schnell die WhatsApp geschickt. Dann haben sie mich gefesselt und mir mein Handy weggenommen. Und es irgendwo während der Fahrt weggeschmissen. So eine Scheiße … Meine Eltern hätten mich nie in das Camp gelassen, weil sie wussten, dass ich bei uns zu Hause mit all den FBI-Leuten und Kameras sicherer bin. Aber ich liebe den Fußball so sehr, ich musste einfach in dieses Camp. Und habe Mum und Dad deswegen erzählt, dass ich in eine absolut sichere Summer School gehe. Es tut mir so leid, dass ich ihnen solche Sorgen bereitet habe …«

Terry stockt. Das alles hat ihn noch krasser mitgenommen, als ich dachte, das merke ich jetzt. Zum Glück ist er endlich wieder bei uns! Ich bin so erleichtert und froh darüber, dass sich meine Freude ein Ventil sucht. Und das ist bei mir halt die Kamera. Ich zücke mein Phone und rufe: »Yo Leute, Terry ist wieder da! Er hat es geschafft, Mann!« Ich filme einmal durchs Auto, und als niemand etwas sagt und sich alle von der Kamera wegdrehen, stoppe ich die Aufnahme.

Scheint jetzt nicht der richtige Moment zu sein. Dann drehe ich eben nachher weiter.

»Wir bringen dich jetzt erst mal in die Villa, und ich rufe die Polizei«, sagt Lara und blickt zu Terry.

Als sie gerade die Nummer wählen will, schreckt uns das Aufheulen einer Sirene auf. Ich drehe mich um und sehe durch die Heckscheibe wie aus dem Nichts ein Polizeiauto mit Blaulicht heranrauscht. Es ist unglaublich schnell, setzt sich vor uns und bremst uns aus. Auf der LED-Anzeige auf dem Dach des Wagens blinkt eine rote Schrift auf: *Stopp! Rechts ranfahren!*

Shiva bremst und wir kommen am Straßenrand zum Stehen. Aus dem Polizeiwagen steigt ein mir bekanntes Gesicht aus: Es ist Officer Lazar, der Polizist mit dem üblen Mundgeruch und dem komischen Schnurrbart, der mich damals in der Villa nach Terrys Verschwinden verhört hat.

Er hält eine Hand an das Halfter seiner Pistole, als er schnellen Schrittes auf unseren Wagen zukommt. Diesmal ist er offensichtlich ohne seinen Partner, Officer Smith, unterwegs. Shiva fährt per Knopfdruck die Fensterscheibe runter und hält seine Hände sichtbar am Lenkrad.

»Sie sind zu schnell gefahren«, sagt der Officer.

Ich beuge mich zu ihm rüber. »Officer, das hier ist ein Notfall. Wir haben unseren Freund Terry gerade aus den Händen der Entführer befreit und wollen jetzt …«

»Halt deine Schnauze, Kleiner, ansonsten nehme ich dich wegen Widerstand gegen einen Officer gleich mit und buchte dich ein. So eine Nacht im Knast macht keinen Spaß, glaub mir.« Der Officer leuchtet mir mit seiner Taschenlampe ins Gesicht, meine Augen schmerzen und ich kann kaum noch etwas sehen.

»Ihr bleibt alle schön im Wagen. Du da, komm raus.« Er leuchtet jetzt auf Terry. Ich sehe, wie sich Terry so fest an seinen Sitz klammert, dass seine Fingerknöchel weiß hervortreten.

Was will der Typ von ihm? Weiß er von der Aktion in der Lagerhalle und will ihn als Zeugen vernehmen?

Auch Lara schaltet sich jetzt ein. »Sir, es geht unserem Freund sehr schlecht, er war tagelang in einem ekligen und nassen Versteck eingesperrt. Wir sollten ihn jetzt entweder in die Camp-Villa oder auf die Wache bringen. Aber bitte lassen Sie uns weg von hier. Die Entführer werden uns mit Sicherheit jagen und könnten uns hier finden, wenn wir noch lange stehen bleiben.«

Officer Lazar blickt sie aggressiv an. »Das ist kein Wunschkonzert hier. Also, raus aus dem Wagen, Junge.«

Am Ende der Straße sehe ich Scheinwerfer aufflackern, die immer näher kommen. Und dann wird es mir auf einmal klar. Der Officer ist nicht hier, weil wir zu schnell gefahren sind oder er eine Zeugenaussage aufnehmen will.

»Shiva, fahr los! Der steckt mit denen unter einer Decke«, rufe ich. Shiva reißt erschrocken die Augen auf, und bevor er das Gaspedal durchdrücken kann, schlägt der Polizist ihm seine Faust mitten ins Gesicht. Shivas Kopf schleudert zur Seite und knallt gegen die Kopfstütze. Seine Augen sind jetzt geschlossen, der Kopf hängt schlaff vom Hals herunter.

Voll k. o.

»Oh mein Gott, Shiva!«, schreit Lara und hält sich geschockt die Hände vor den Mund.

Lazar reißt die linke Hintertür auf und zieht Terry aus dem Wagen. Draußen legt er ihm Handschellen an und schubst ihn in seinen Polizeiwagen. Ich springe aus dem Auto und renne auf Lazar zu, der sich gerade ans Steuer setzen will. »Wir zeigen Sie an! Wo verdammt wollen Sie mit Terry hin?«

Er funkelt mich mit einem diabolischen Blick an. »Euer indischer Freund hat versucht, mich anzugreifen. Es war Notwehr.«

»So ein Scheiß, Sie lügen!« Vor Wut schießen mir Tränen in die Augen. Ich kann wegen meines rasenden Pulses kaum atmen.

»Wem wird man hier wohl eher glauben: einem Jungen aus Deutschland oder einem US-Cop? Hmmm, lass mich überlegen ... Ich denke, wohl eher dem US-Cop.« Lazar lacht dreckig. Jetzt kann ich erkennen, zu welchem Wagen die Scheinwerfer gehören. Es ist der Cayenne, er ist jetzt ganz nah bei uns. Der Porsche betätigt die Lichthupe, offensichtlich ein Signal an Lazar, der ihm mit Terry in seinem Polizeiwagen folgt. Und uns zurücklässt.

Ich fühle mich machtlos, als ich zurück zu unserem Auto gehe. Der Anblick Shivas lässt Tränen aus Laras Augen kullern. Sie beugt sich über ihn und haut ihm verzweifelt mit ihren Händen auf die Wangen. »Shiva! Hörst du mich? Hey!«

In dem Seitenfach der Beifahrertür entdecke ich eine Flasche Wasser. Ich kippe sie Shiva ins Gesicht, doch er rührt sich immer noch nicht.

»Na toll.« Lara sieht mich vorwurfsvoll an und wischt sich dabei die Tränen aus dem Gesicht. »Terry ist wieder weg, und Shiva ist zusammengeschlagen worden. Und das alles wegen deines beschissenen Plans!«

Ist das jetzt ihr Ernst?

»Wegen *meines* Plans? Alles lief super, bis dieser korrupte Bulle uns überfallen hat. Was soll ich denn tun, wenn der offenbar irgendwelche Geschäfte mit den Eastside Boys am Laufen hat?«

Lara macht eine abwinkende Handbewegung. »Wir hätten meinen Dad um Hilfe bitten sollen, wie ich gesagt habe. Es war ein Fehler, das allein durchziehen zu wollen. Ich hätte mich nie darauf einlassen sollen.«

»Jetzt komm mir nicht mit diesem Besserwisser-Modus. Das hätte auch nichts geändert.« Ich sehe sie wütend an.

»Natürlich hätte es das! Das hier ist zu hoch für uns. Das Leben ist kein YouTube-Channel, Josh, checkst du das jetzt endlich mal? Es geht hier um Menschenleben. Das ist kein Prank oder eine lustige Story für Instagram. Du kannst Leute nicht immer einfach wie Statisten benutzen.« Ihre Worte prallen so hart gegen meinen Kopf wie ein Tritt von Conor McGregor.

»Ist das dein Ernst? Was soll das denn jetzt? Willst du damit etwa sagen, ich mache das hier alles nur für meinen Channel?« Ich brülle mittlerweile, ich kann nicht anders. »Das ist richtig krass von dir. Du hast mitgemacht … Als ob ich meine Freunde für ein paar mehr Klicks ausnutzen würde.«

»Auf jeden Fall bringst du sie in Gefahr, schau dir Shiva doch an. Ich glaube, ich habe mich in dir getäuscht.« Laras Stimme bricht weg, und in ihren langen, dunkel geschminkten Wimpern verfangen sich dicke Tränen.

»Ich habe gedacht, du wärst anders als all die anderen. Aber du denkst auch nur an dich.«

»Ich denke nur an mich? Wer hat sich denn um Terry gesorgt, als du schön mit diesen ganzen Beachboys und ihren viel zu definierten Sixpacks surfen warst? Du bist so … so eine …«

»Na, was bin ich? Was denkst du wirklich über mich,

sag schon!« Wir stehen uns mit wütenden Blicken gegenüber.

»Jetzt traust du dich nicht, oder was?« Laras Hände zittern vor Wut, und ihr Gesicht läuft rot an.

Mein Ego und mein Verstand ringen um die Wette. Mein Verstand ruft: Sag nichts mehr, das eskaliert! Mein Ego sagt: Die spinnt doch! Und bevor ich wirklich nachdenken kann, bewegen sich meine Lippen schon. Mein Ego hat leider mal wieder gewonnen.

»Eine Schlampe!« Ich höre meine eigenen Worte, als hätte sie jemand anders gesagt. Meine Stimme klingt komisch, und ich bereue das Wort sofort.

»Ist das dein Ernst? Ich war in den letzten Tagen kaum surfen, sondern hab dir geholfen. Und jetzt bin ich die Böse, weil mich irgendeiner am Strand angeglotzt hat? Sag mal, geht's noch!«

Lara tritt wütend gegen den Autoreifen.

»Ich habe echt etwas anderes von dir erwartet, Josh. Ich dachte, ich könnte mich in dich verlieben. Aber du bist schon genug in dich selbst verliebt.«

Ihre Worte schmerzen noch viel mehr als mein Knöchel. Noch nie habe ich mich so ungerecht behandelt gefühlt. Ich will ihr irgendetwas entgegensetzen, doch meine Gefühle blockieren meine Stimme. Ich bin wütend, traurig und verzweifelt zugleich. Und fühle mich, als würde ich in eine unendliche Tiefe stürzen.

»Wo bin ich?« Shivas Stimme klingt wie die eines Kindes, das auf der Fahrt im Auto eingeschlafen ist.

»Shiva! Alles okay?« Lara streicht ihm mit ihrer Hand über die Stirn. Shiva rappelt sich in seinem Sitz auf und hält sich mit schmerzverzerrtem Gesicht die linke Schläfe. »Eine Kopfschmerztablette wäre nicht schlecht«, sagt er. »Das war dieser Bulle, oder? Ich glaube, ich erinnere mich langsam.«

Lara nickt. »Er hat Terry mitgenommen, als du ausgeknockt warst.«

Shiva blickt sie schockiert an, die Tränen haben Laras ganzes Make-up verschmiert. »Ich denke, wir brauchen jetzt alle etwas Ruhe«, sagt er. Unser Ausflug war ziemlich nervenaufreibend. Ich fahre euch nach Hause.«

Auf der Rückfahrt sprechen Lara und ich kein Wort miteinander. Selbst auf Shivas Jokes herrscht nur Schweigen. Als wir Lara an ihrem Haus absetzen, verabschiedet sie sich lediglich von ihm. Mich sieht sie nicht mal an und knallt nach dem Aussteigen die Tür zu, woraufhin mich Shiva vorwurfsvoll anschaut.

»WAS?!« Ich bin immer noch geladen.

»Shivas Motto ist: Happy wife, happy life. Du solltest das wieder geradebiegen, mein Freund.«

Als ich die Villa betrete, kommt mir Gustav entgegen. »Josh, Mann, wo kommst du denn her? Beeil dich, heute ist schon um sieben Uhr Lauftraining am Strand angesagt, hast du das etwa vergessen?«

FUCK! Ich habe mir den Trainingsplan gestern Abend in all der Hektik gar nicht angesehen.

»Was ist mit dir? Du siehst aus, als hättest du die Nacht durchgemacht.«

Am liebsten würde ich Gustav jetzt alles erzählen, was in den vergangenen Stunden passiert ist. Und Craig und Mitch auch. Aber dafür ist jetzt keine Zeit. Und es würde vielleicht nur nach einer Ausrede klingen, wenn ich auch noch das Training sausen lasse. Ich bin megamüde und verzweifelt und wütend auf Lara, alles zusammen irgendwie. Ich kämpfe mit den Tränen.

Gustav legt mir freundschaftlich die Hand auf die Schulter. »Soll ich Mitch sagen, dass du krank bist? Vielleicht ist es besser, wenn du dich erst mal ausruhst.«

Reiß dich zusammen, Josh! Du musst jetzt stark sein, du willst nicht wegen eines verpassten Trainings zurückfallen.

»Nein, kein Ding, geht schon«, antworte ich, hetze in mein Zimmer, springe in Shorts und Joggingschuhe und laufe mit den anderen zum Strand.

Unten am Wasser hat Mitch einen Parcours aus Plastikhütchen und kleinen Hürden aufgebaut. Er teilt uns in zwei Gruppen ein, die gegeneinander sprinten. »Die Verlierer decken heute für das Abendessen den Tisch ein«, ruft Mitch und pustet in seine Trillerpfeife.

Schon nach den ersten Sprints bin ich total fertig. Alles dreht sich, mein Mund ist trocken und mein Kopf fühlt sich an, als wäre er in einer Fahrstuhltür eingeklemmt. Dauernd denke ich darüber nach, wo Terry jetzt sein könnte. Und was ich machen kann, um ihn zu finden und diesmal endgültig zu befreien. Ich laufe noch einige Meter, dann geht nichts mehr. Ich schaffe es gerade noch runter ans Meer und kotze in den Ozean. Die Magensäure brennt im Hals.

Als ich mich mit brennenden Augen taumelnd umdrehe, läuft Alessio an mir vorbei. »Läuft bei dir, oder was?«, ruft er in sarkastischem Ton und lacht schadenfroh.

Ich habe keine Kraft zum Kontern, fühle mich völlig taub. »Okay, Jungs, zwei Runden noch«, brüllt Mitch den anderen zu und kommt zu mir. Er blickt mich so ernst an wie noch nie zuvor.

»Josh, Mensch, was ist los? So kann ich dich hier nicht gebrauchen. Wann hast du zuletzt geschlafen? Du bist noch blasser als meine weißen Handtücher.«

Jetzt bringt es nichts mehr, ich muss die Wahrheit sagen.

»Sorry, Coach, mir geht es nicht gut. Ich habe versucht, Terry zu finden, das hat in den vergangenen Tagen ziemlich viel Energie und Schlaf gekostet.«

Mitch seufzt. »Ich verstehe das ja – als Mensch. Aber ich muss als Leiter und Trainer dieses Camps denken und handeln. Ich muss den anderen gegenüber fair bleiben. In dieser Verfassung hast du in der Mannschaft im Moment nichts zu suchen, Josh. Ich glaube, du weißt das. Ich befürchte, ich muss dich aus dem Kader für das Spiel gegen Galaxy streichen.« Er richtet seine Cap und blinzelt in die Sonne. »Ich schlage vor, dass du jetzt erst mal in die Villa gehst und dich ausruhst. Craig bringt dich hin, ich rufe ihn gleich an. Du hast hier am Anfang richtig gute Trainings hingelegt.« Er presst die Lippen zusammen und klopft mir aufmunternd auf die Schulter. »Das war echt gut. Aber so geht es nicht weiter. Ich muss mir überlegen, ob du vorzeitig aus dem Camp abreist. Wir haben hier Regeln, Josh, und an die müssen wir uns alle halten. Ich muss dann einen anderen Bewerber für dich nachnominieren.«

Kein Spiel gegen Galaxy.

Vorzeitiger Rückflug nach Hamburg.

Kein Wechsel zu St. Pauli.

Was für ein Albtraum!

»Mitch, ich mache es wieder gut, ich verspreche …«

»Josh«, unterbricht mich unser Camp-Leiter. »Lass gut sein. Taten zählen mehr als Worte, das musst du noch lernen, glaube ich. Sei nachher um halb fünf bitte beim Training auf dem Rasen – sofern du dich besser fühlst. Wir wollen am Umschaltspiel und am Spiel gegen den Ball arbeiten. Ich bin heute Abend in der Villa, nach dem Abendessen setzen wir uns zusammen. Ich muss mir auch noch mal Gedanken machen, doch im Moment sehe ich ziemlich schwarz für dich.«

Mitchs Worte brennen auf meiner Haut wie eine heftige Ohrfeige.

Ich will etwas sagen, ich will mich wehren, ich will ihm zeigen, wie unfair das hier gerade alles ist. Ich tue nichts von alledem. Der Schock schnürt mir die Kehle zu. Ich stehe einfach nur da und blicke ins Leere.

Wenig später fährt mich Craig mit einem Quad über den Strand zur Villa. Als ich in meinem Bett liege, tut mir alles weh.

Ich habe mich noch nie so hoffnungslos gefühlt.

Und so allein.

10 Die Spur führt nach Malibu

Für einen Moment habe ich keine Ahnung, wo ich bin. Als ich aufwache, ist es total hell in meinem Zimmer, die Sonne blendet durch das Fenster. Ich habe so tief geschlafen, dass ich mich erst mal orientieren muss. Als ich auf die Uhr schaue, begreife ich, dass es früher Nachmittag ist, und erinnere mich langsam an den Horrormorgen am Strand.

Heute Abend wird Mitch mich aus dem Camp schmeißen, seine Ansage vorhin war deutlich. Ich schlurfe müde ins Bad, spritze mir mit den Händen kaltes Wasser ins Gesicht und blicke mich im Spiegel an.

Wahrscheinlich hat Lara recht. Wahrscheinlich sollte man sich nicht in mich verlieben. Wahrscheinlich bin ich wirklich kein guter Freund und die ganze Entführungsnummer ist einfach zu groß für mich. Und wahrscheinlich war es ein Fehler, die Suche nach Terry nicht der Polizei zu überlassen.

Diesen Kampf kann ich nicht gewinnen.

Aber ist das ein Grund, gar nicht erst zu kämpfen?

Ich versuche, mich auf das Training am Nachmittag zu konzentrieren. Da kann ich Mitch zeigen, was ich draufhabe, und es besser machen als heute früh.

Ich höre etwas vibrieren. Zurück in meinem Zimmer sehe ich mein iPhone auf meinem Nachttisch tanzen. Auf dem Display leuchtet eine amerikanische Handynummer.

»Hallo?«

»Josh, gut, dass ich dich erwische. Ich bin es, Andrew, Laras Bruder. Ich kann sie nicht erreichen. Zum Glück hast du mir nach unserem Treffen neulich deine Nummer gegeben. Ist Lara bei dir?«

Allein ihren Namen zu hören lässt sich meinen Magen zusammenziehen.

»Nein, keine Ahnung. Wir haben uns ziemlich gestritten und waren ziemlich lang unterwegs. Vielleicht schläft sie.«

»Okay. Aber ich muss euch unbedingt etwas sagen. Ich weiß jetzt, wem der Cayenne gehört.«

Der Satz lässt mich zusammenzucken, schlagartig bin ich hellwach.

»Kannst du nach Venice kommen, ins Sidewalk Café?«

»Ein Café ist mir zu gefährlich«, sagt Andrew. »Wir dürfen nicht gesehen werden. In einer Stunde am Strand, am letzten Rettungsschwimmerhaus vor dem Santa Monica Pier? Da ist um die Zeit nicht sehr viel los.«

»Alles klar. Bis gleich.«

Ich halte es vor Spannung nicht mehr in meinem Zimmer aus, gehe direkt zum Strand runter und bin viel zu früh an unserem Treffpunkt. Ich setze mich in den Sand und sehe der Sonne zu, wie sie den Ozean mit ihren Strahlen zum Glitzern bringt. Zwei Möwen beobachten mich, und das Rauschen des Wassers beruhigt mich etwas. Zum ersten Mal an diesem Tag fühle ich mich einigermaßen klar im Kopf. Ich schließe die Augen.

»Hey Josh«, höre ich irgendwann hinter mir eine Stimme sagen. Andrew hält wieder seine Umhängetasche unter seinem Arm.

»Hey!« Obwohl ich Andrew erst einmal begegnet bin, tut es total gut, ihn zu sehen.

»Lara ist noch nicht da?«, fragt Andrew.

»Ähhh … nein. Kommt sie her?«

»Ja, ich habe sie eben aus dem Auto angerufen und

endlich erreicht. Sie war vorhin surfen und hatte ihr Handy aus. Sicher wird sie gleich da sein.«

»Das überrascht mich. Ich war mir sicher, sie würde mich erst mal nicht sehen wollen.«

»Sie weiß auch nicht, dass du hier bist. Ich habe sie nur gefragt, ob sie mich treffen kann, um ihr die Informationen zum Fall Terry zu geben. Ich dachte mir, das ist vielleicht besser, weil du ja am Telefon von einem Streit zwischen euch erzählt hast.«

Na super! Das kann ja ein tolles Treffen werden.

»Ich weiß nicht, ob sie gerade so auf Überraschungen steht, in denen ich die Hauptrolle spiele.«

Andrew lächelt sanft. »Ich kenne meine Schwester jetzt fünfzehn Jahre lang. Sie ist impulsiv. Aber nicht nachtragend.«

In diesem Moment sehe ich Lara aus Richtung Promenade den Strand runterkommen. Sie trägt enge Shorts und einen grauen Kapuzen-Hoodie. Als sich unsere Blicke treffen, bleibt sie stehen. Und dreht um.

»Lara, warte!«, rufe ich. Der Wind verschluckt meine Worte.

Ich laufe ihr hinterher. »Hey, warte, bitte.« Keine Reaktion. Ich lege ihr die Hand auf die Schulter. »Bitte, nur kurz.«

Endlich dreht sich Lara um. Mit verschränkten Armen sieht sie mich einfach nur an. Ohne ein Wort zu sagen, gibt sie mir zu verstehen: *Ich warte!*

»Es tut mir leid. Ehrlich. Ich bin gestern einfach ausgeflippt. Weil ich mich so geärgert habe, dass wir Terry wieder verloren haben. Ich war so wütend auf mich selbst, weil ich dich nicht hätte in Gefahr bringen dürfen. Und niemals hätte ich dich so beleidigen dürfen.« Lara zieht mit ihrem großen Zeh Kreise in den Sand und blickt auf den Boden. »Ich wünschte, ich könnte es rückgängig machen.« Sie sagt immer noch nichts. Ich zittere vor Aufregung. »Es ist einfach … Es ist alles so kompliziert, seit Terry weg ist. Ich habe einfach so Angst, verdammt. Um ihn, und davor … Ich habe Angst davor, dich zu verlieren.« Lara hebt ihren Blick und sieht mich mit wässrigen Augen an.

»Du hast mich gestern echt verletzt«, sagt sie leise.

»Ich weiß. Und es tut mir leid. Ich wollte das nicht. Fuck, das ist alles nur deinetwegen.«

»Ach, jetzt bin ich wieder schuld?« Lara stemmt trotzig die Arme in ihre wunderschöne kleine Hüfte.

»Das ist einfach nur, weil ich mich so krass in dich verliebt habe!«

Jetzt ist es raus. Ich hatte mir gar nicht vorgenommen, das zu sagen. Aber wahrscheinlich ist es auch im alltäglichen Leben so, wie mein Vater es mir damals vor dem Finale gesagt hat: In den wichtigen Momenten wissen wir einfach, was zu tun ist.

Einen Moment stehen wir uns schweigend gegenüber. Ohne Vorwarnung boxt Lara mir in den Bauch. »Aua!«, rufe ich und krümme mich. »Wer bist du, die Tochter von Klitschko?«

Sie lacht. »Hast du verdient.« Der Schlag hat gesessen, trotzdem lache jetzt auch ich. Lara richtet meinen Oberkörper auf und schlingt ihre Arme um meinen Hals. »Du bist ein Spinner. Aber ein ziemlich süßer Spinner.« Ein Funkeln tritt in ihre Augen. Ein magisches Funkeln. Ihre Lippen kommen immer näher, bis wir uns küssen.

»Hey ihr Turteltäubchen, lasst ihr einen alten Mann hier einfach warten oder was ist jetzt? Kommt mal endlich her.« Andrew ist ein Stück in unsere Richtung gekommen und winkt uns heran.

»Also, was hast du?«, frage ich.

Wir setzen uns in den Sand. Andrew holt aus seiner Tasche eine Akte.

»Es hat etwas gedauert, das Kennzeichen des Cayennes zu ermitteln. Mein Kontakt beim FBI hat es sich ein paar Tage auf Hawaii gut gehen lassen, er hat die Reise seiner Frau zum zehnten Hochzeitstag geschenkt. Jetzt hat er sich endlich gemeldet. Der Wagen ist zugelassen auf einen Curtis Donovan. 16 Jahre, Schulabbrecher aus South Central. Einer der schwierigsten Gegenden von L.A. Viele Drogen, viele Gangs, viele Probleme.«

Andrew zieht ein Polizeifoto des Jungen hervor, der Terry in der Lagerhalle so hat leiden lassen.

»Ja, das ist er. Bei uns in Kalifornien darf man schon mit sechszehn Auto fahren. Aber wie kann der sich so einen 100 000-Dollar-Porsche leisten?«, fragt Lara.

»Das habe ich mich natürlich auch gefragt. Mein Kumpel beim FBI hat mir auch geholfen herauszufinden, wo das Auto gekauft wurde. Er hat in der Datenbank der Polizei nachgesehen. Vor drei Jahren wurde es als Firmenwagen geleast und vor einem Jahr als gestohlen gemeldet. Und jetzt ratet mal, von welchem Unternehmen.«

Als Lara und ich die Schultern zucken, sagt er:

»Titan.« Er schaut uns ernst an. »Die Firma von Jack Morisson.«

Als er den Namen ausspricht, läuft es mir eiskalt den Rücken runter. Ich drehe mich zu Lara und sehe ihr an, dass es in ihrem Kopf genauso arbeitet wie in meinem.

»Wir müssen zu Morissons Villa. Und wir dürfen keine Zeit verlieren«, sagt sie.

Ich schüttele den Kopf. »Wir überlassen das diesmal der Polizei. Andrew soll die Angelegenheit mit den FBI-Leuten regeln. Ich will dich nicht noch einmal in Gefahr bringen. Die Polizei ...«

Andrew unterbricht mich. »Der Polizei können wir nicht vertrauen. Mein FBI-Kontakt hat diesen Officer Lazar beschatten lassen, nachdem ich ihm erzählt habe, was Lara mir aus der letzten Nacht berichtet hat. Der war heute schon zwei Mal in einem Wettbüro. Und das FBI hat auch sein Bankkonto und seinen privaten E-Mail-Account gescannt. Der Typ hat Schulden bei den Eastside Boys. Wettschulden. Ich vermute, die haben ihn damit erpresst, das Ganze öffentlich zu machen. Und ihn gestern Nacht losgeschickt, um Terry zurückzuholen. Ich bin mir sicher, dass er von Anfang an versucht hat, die Ermittlungen seiner Kollegen zu blockieren. Deswegen hat er auch damals bei der Vernehmung in der Villa die WhatsApp-Nachricht von Terry und den blutverschmierten Nike so als Lappalie abgetan.«

Andrew packt meine Schulter und zieht mich zu ihm ran. »Es geht um euren Freund, und für mich um eine richtig gute Story für meine Zeitung. Wir schaffen das.«

Meine Zweifel sind stärker als seine Worte. »Ich kann Terry nicht befreien, das hat meine elende Aktion heute Nacht gezeigt.«

Lara tritt näher an mich heran. Sie lächelt und nimmt ihr Portemonnaie aus ihrer Hosentasche. Aus einem Kartenfach zieht sie einen kleinen, ziemlich zerknüllten Zettel hervor. Sie faltet ihn auf und sieht mich dabei herausfordernd an. »Weißt du noch?«

Sie reicht mir den Zettel, auf dem steht:

»Das größte Vergnügen im Leben besteht darin, das zu tun, von dem die Leute behaupten, man könne es nicht.«

Sie hat den Glückskeks-Spruch echt aufbewahrt!

Ihre Augen strahlen mich an, ihr Lächeln ist voller Kraft und Hoffnung. Ich fühle plötzlich eine kaum zu beschreibende Energie in mir aufkommen.

»Bist du mit dem Auto da, Andrew?«, frage ich. Laras Bruder nickt.

»Na dann: Ab nach Malibu, würde ich sagen.«

11 Was für ein Psycho!

Drei Minuten später sitzen wir in Andrews rotem Elektro-Toyota in Richtung Pacific Coast Highway. Das Nachmittagstraining kann ich vergessen, aber Terry ist jetzt viel wichtiger. Als Andrew mich nach Morissons Adresse fragt, fällt mir ein, dass ich diese gar nicht habe. Damals hat uns ja der Camp-Bus hingebracht. »Aber zu der Villa finde ich noch, die kann man nicht übersehen. Kurz vor Malibu sind wir links zum Meer abgefahren«, erkläre ich ihm.

Andrew hat den Hip-Hop-Radiosender Power 106 FM eingestellt, und aus den Boxen dringt die helle Stimme der Nachrichtensprecherin.

»Vor der Küste von L.A. braut sich ein heftiger Sturm zusammen. Laut Meteorologen wird es der stärkste seit Jahren. Also passt auf euch auf, Leute. In den nächsten Stunden soll der Sturm immer näher in Richtung Stadt kommen.«

Andrew zieht die Mundwinkel nach unten. »Tja, mit einem entspannten Glas Wein zum Sonnenuntergang am Santa Monica Pier wird es also wohl nichts heute.«

Nach einer halben Stunde Fahrt zeichnet sich Morissons Anwesen am Horizont ab. Über ihm ziehen tiefgraue Wolken hinweg und verschlucken die Sonnenstrahlen. Es sieht schon nach dem Sturm aus. Ich höre das Donnergrollen eines Unwetters, das sich in der Ferne zusammenbraut. So ein schlechtes Wetter habe ich während meiner gesamten Zeit in L.A. noch nicht erlebt. Ich nehme das Ganze nur kurz wahr, in meinem Kopf dreht sich alles darum, dass wir gleich bei Morisson sein werden.

»Okay, da vorn fahren wir ab. Bei der Party waren jede Menge Sicherheitsleute an der Auffahrt. Wenn die wieder da sind, fahr erst mal am Haus vorbei«, erkläre ich Andrew. »Wir müssen dann irgendwo parken und zu Fuß auf das Gelände kommen.«

Zum Glück stehen heute keine Sicherheitsmänner am Eingang, doch wir entdecken sofort die Überwachungskameras auf der Mauer und entscheiden uns, ein Stück weiter die Straße runter zu parken.

»Ich weiß, dass ich vorhin große Töne gespuckt habe. Aber jetzt bin ich schon am Überlegen. Sollen wir da jetzt wirklich rüberklettern?«, fragt Andrew in die Runde und blickt durch das Seitenfenster seines Wagens auf die Mauer. »Der Typ könnte hier in Amerika mit der Waffe auf uns zielen. Das ist ein Einbruch.«

»Wir ziehen das durch«, sage ich. »Ich bin sicher, dass Terry da drinnen ist. Curtis' Wagen stand während Morissons Party auf seinem Gelände. Irgendetwas muss der Typ mit der Gang zu tun haben.« Ich zeige mit dem Finger auf eine Palme, die nahe der Mauer wächst. »Wir klettern auf die Palme und von da aus aufs Gelände. Wenn wir auf der anderen Seite sind, halten wir uns ganz nah an der Mauer und laufen geduckt, so dass die Kameras uns nicht erwischen. Ich weiß von dem Abend der Party, dass es einen Hintereingang für die Lieferanten und Küchenhilfen gibt. Da gehen wir rein. Bleibt dicht an mir dran!«

Ich klettere als Erster über die Mauer, Andrew und Lara kommen wenige Sekunden später hinterher. Wir bahnen uns den Weg durch eine Baumgruppe zum hinteren Teil des Geländes. Ich erkenne die Stelle wieder, an welcher der Cayenne stand. Und sehe den Hintereingang der Villa. Ich schaue mich prüfend um, das Anwesen liegt ruhig da, bis auf das Zwitschern der Vögel ist nichts zu hören. Mit einer Kopfbewegung deute ich Lara und Andrew an, weiter Richtung Haus zu gehen.

»Stehen bleiben!« Die Stimme kommt aus dem Nichts und lässt mich zusammenzucken. Ich drehe mich um und blicke in das Gesicht eines bulligen Sicherheitsmannes. Er hält eine Shotgun in seinen Händen, ein Gewehr mit abgesägtem Doppellauf. Er richtet den Lauf direkt auf mich und lässt seinen Blick zwischen uns dreien hin und her fliegen. »Alle drei Hände hoch. Und dann langsam vorwärtsgehen.«

Fuck!

In Andrews und Laras Augen sehe ich, dass ich ihnen nicht sagen muss, lieber das zu tun, was der Typ sagt. Er führt uns durch den Garten vorbei an der Villa.

Okay, ich muss es zumindest versuchen.

»Sir, das ist alles ein Missverständnis. Bei Instagram hat jemand ein Foto von diesem Haus gepostet und geschrieben, Ariana Grande wohne hier. Und da wollten wir einfach mal sehen, was die liebe Ariana so treibt. Denn sie ist echt heiß, finden Sie nicht auch?«

»Halt deine Fresse und geh weiter, oder mein kleines Baby hier freut sich zum Einsatz zu kommen.« Er streicht zärtlich über seine Shotgun.

Alles klar, ich hab es mir irgendwie gedacht, dass der Typ sich nicht auf meine kleine Ariana-Story einlassen wird.

Er führt uns weiter Richtung Bootsanleger. Schon von Weitem höre ich den Motor der Jacht dröhnen. Und dann sehe ich ihn: Morisson. Er steht auf dem Deck, trägt eine verspiegelte Sonnenbrille und grinst uns an. Seine Hände hat er lässig in den Taschen seiner weißen Chino vergraben.

»Überraschender Besuch! Haben Eure Eltern euch nicht beigebracht, dass man sich vorher ankündigt?« Morisson lacht dreckig. Der weiße Lack der Jacht glänzt, am Heck neben dem Motor weht die Flagge der USA im Wind.

»Trifft sich aber eigentlich gut, dass ihr hier seid. Denn ich will den ganzen Wirbel um den angekündigten Sturm nutzen, um … Sagen wir mal …« Morisson reibt sich in einer übertrieben nachdenklichen Pose das Kinn. »Um ein paar Tage rauszukommen. Und dann wird unsere Reisegruppe eben ein bisschen größer, wir haben ja genug Platz hier an Bord. Allzu lange werdet ihr drei sowieso nicht bleiben. Ihr müsst vor unserer Ankunft von Bord, sorry. Richtet den Haien dort draußen doch bitte einen schönen Gruß von mir aus.« Er schmunzelt und zeigt mit der Hand auf die Sessel, die auf der Terrasse der Jacht stehen. »Nehmt doch bitte Platz.« Der Sicherheitsmann mit der Shotgun setzt sich direkt neben uns und lässt uns keine Sekunde aus den Augen.

Die offen stehende Tür gibt uns freien Blick in den dunklen Salon mit Bar und Sofas, und aus dem hinteren Teil des Raumes kommen zwei Gestalten auf uns zu. Zuerst sehe ich nur Umrisse, dann erkenne ich sie: Es sind Curtis und Terry. Curtis hält eine Pistole in der Hand und schubst Terry vor sich her, der die Arme hinter dem Rücken gefesselt hat.

Danke, Gott, er lebt!

»Ah, da kommt ja die Hauptfigur unseres kleinen Ausflugs.« Morisson nimmt die Sonnenbrille ab und wuschelt Terry durch die Haare. Terry dreht sich angewidert weg.

»Sie sind wirklich armselig, Morisson!«, brülle ich. »Ich kann mir denken, was Sie vorhaben. Sie wollen Terry verstecken, bis der Prozess vorbei ist.«

Morisson sieht mir in die Augen und nickt anerkennend. »Du bist ja ein richtiger Hobby-Detektiv, mein Kleiner. Ich dachte eigentlich, du wärst nur einer von diesen dummen YouTubern, die außer Schleichwerbung für irgendwelche

Sponsoren nichts draufhaben. Aber ich habe dich wohl unterschätzt … Ich kann es euch jetzt ja sagen, ihr werdet es eh keinem mehr erzählen können: Wir bringen Terry für die letzten Tage des Prozesses auf die Channel Islands. Die schönsten Inseln überhaupt hier in der Gegend. Ohne Internetempfang, ohne Hotels. Gratis Auszeit, dem ganzen Medienhype entkommen, das ist doch toll!« Morisson grinst teuflisch. »Da findet ihn niemand. Der liebe Officer Lazar, der sich sehr gut von mir bezahlen lässt, hat mir nämlich gesagt, dass die Polizei bei der Suche nach Terry jetzt Straßensperren errichtet und vielleicht auch mein Haus durchsuchen will. Deswegen gehe ich auf Nummer sicher. Wozu hat man denn sonst solch ein schönes Schiffchen, oder?«

Ich sehe zu Terry, der Morisson einen hasserfüllten Blick zuwirft. Der Wind wird immer stärker, die Jacht beginnt leicht zu schaukeln. Morisson kneift die Augen zusammen und blickt in den Himmel. Dann wendet er sich dem Sicherheitstypen mit der Shotgun zu. »Wir sollten los. Fahr uns zu den Inseln, mit den kleinen Möchtegernermittlern hier werden Curtis und ich schon allein fertig.« Der Sicherheitsmann verschwindet in Richtung Oberdeck.

»Geben Sie auf, Morisson«, sage ich. »Sie machen es nur noch schlimmer. Noch können Sie den Wahnsinn hier beenden. Sie haben schon genug Schlimmes getan.«

Morisson lacht wieder. »Ach ja? Was weißt du denn schon, was ich getan habe?« Er verschränkt die Arme und sieht mich abwertend an.

»Sie sind ein Krimineller«, entgegne ich. »Sie haben überall nach Terry gesucht – und keine Spur von ihm gefunden. Durch das Zeugenschutzprogramm und seinen neuen Namen war er für Sie unauffindbar. Dann kam Ihnen die Idee mit dem Camp. Sie wussten genau, wie sehr Terry den Fußball liebt. Und dass er bei so einem

Camp auf jeden Fall mitmachen würde. Sie haben gehofft, dass er seine Eltern überredet oder anlügt. Denn sie wussten, dass er im Camp viel weniger geschützt werden kann als zu Hause. Nur deswegen haben Sie das Camp gegründet und organisiert! Sie haben Terrys Leidenschaft für den Fußball als seine Schwäche erkannt und schamlos ausgenutzt. Sie sind ein elender und lügnerischer Drecksack!« Meine Stimme bebt. Meine Augen brennen vor Wut. »Sie wussten, dass die Scouts nur die besten Talente für das Camp einladen werden. Und dass Terry zu den besten gehört – egal, welchen Namen er jetzt trägt. Als Sie dann sein Foto in den Unterlagen der Camp-Teilnehmer sahen, haben Sie ihn erkannt.« Der Wind weht jetzt noch heftiger und peitscht Lara ihre Kapuze um den Hals. Wir sind mittlerweile schon ziemlich weit von der Küste entfernt, Morissons riesige Villa ist nur noch als kleines Häuschen in der Ferne zu erkennen.

Morisson nickt anerkennend. »Du bist gut, Junge. So einen wie dich könnten wir gebrauchen. Schade, dass du es so mit der Moral hast. Dass du so ein Weichei bist.« Er breitet die Arme aus, dreht sich um und zeigt auf den Salon.

»Hey, ich bin Geschäftsmann! Ich muss ans Geld denken. So eine Jacht ist nicht billig. Das geht allein mit Kaufhäusern nicht. Die Leute kaufen heute viel mehr online. Deshalb habe ich vor ein paar Jahren mein Geschäftsfeld um den Bereich Sportwetten erweitert.« Morisson lässt mich mit einem zutiefst selbstsicheren Lächeln wissen, wie sehr er sich über seine verharmlosende Formulierung freut.

»Ich will viel Geld haben. Und je eher ich Spieler für mich arbeiten lasse, desto mehr habe ich davon. Wenn sie schon in der Champions League spielen, ist es zu spät – ich muss sie vorher abfangen. Was ist da praktischer als ein Jugend-Camp?« Morissons irres Lachen übertönt sogar den tobenden Wind auf dem Meer. Sein Gesicht ist jetzt nur noch eine hässliche Fratze, seine Augen blitzen völlig irre.

»Und ihr habt den Scheiß wirklich geglaubt. Von wegen: Ich tue das alles für den Sport, ich will dem Fußball etwas zurückgeben, ich bin so ein Wohltäter.« Seine Stimme ist total hoch, er spricht, als würde er jemanden nachäffen. »Ich habe das Camp nur so luxuriös gemacht, damit ihr herkommt. Damit ihr mir aus der Hand fresst.« Der Wahnsinn ist ihm ins Gesicht geschrieben.

Jetzt wird mir erst so richtig klar, dass ich die vergangenen Tage in einem Camp verbracht habe, das von einem absoluten Psychopathen finanziert wird. Bei diesem Gedanken wird mir schlecht.

»So, jetzt haben wir aber genug gequatscht. Curtis, schließ Terry unter Deck ein, bring aus dem Gym ein paar Hantelscheiben mit – und dann ab ins Wasser mit den dreien hier.« Morisson zeigt auf mich, Lara und Andrew. Sein Blick versenkt sich dunkel in meinem. »Ihr werdet niemandem mehr hinterherschnüffeln.« Der Himmel öffnet sich, und der Regen prasselt laut auf das Deck.

Curtis steht nahe der Reling und starrt uns an. In seiner Mimik und in seinen Augen kommt etwas zum Vorschein, was ich nicht deuten kann. Etwas, das bei unseren Begegnungen vorher auf jeden Fall nicht da war.

Der Wind peitscht immer heftiger über das Meer und schleudert Gischt auf die Jacht, der Himmel ist ein Mosaik aus schwarzen Wolken. Ich sehe Curtis flehend an. Er bewegt sich langsam auf uns zu, sein Blick ist leer.

»Tu es nicht, Curtis! Bitte!«, brülle ich ihm entgegen. Meine Stimme geht in dem Unwetter verloren, nicht mal ich selbst kann mich hören. Ich meine ein Zweifeln in Curtis' Blick zu sehen. Dann dreht er sich schweigend um und bringt Terry nach unten. Wenig später steht er wieder vor uns, in den Händen drei Hantelscheiben von je 15 Kilogramm und mehrere Seile.

»Binde sie ihnen um, ein bisschen Beeilung jetzt. Ich will gleich in Ruhe in der Villa abendessen!«, befiehlt Morisson.

Curtis kommt immer näher, und ich schließe kurz die Augen. Ich denke an Sebi. An meine Eltern. Daran, dass ich ein schönes Leben hatte. Als ich die Augen wieder öffne, steht Curtis direkt vor mir. In der einen Hand eine der Hantelscheiben, in der anderen das Seil.

Ich weiß, dass jetzt unsere letzten Sekunden gekommen sind. Dass er einen von uns nehmen und ins Wasser schmeißen wird, dann den Nächsten, bis wir alle drei in den Tiefen des Ozeans verschwunden sind. Und für immer schweigen werden. Ich hätte so eine traumhafte Zukunft mit Lara und bei St. Pauli haben können ...

Curtis sieht mich direkt an. Und dann erkenne ich es. In seinen Augen. Eine enorme Entschlossenheit. Von jetzt an kommt mir das, was ich sehe, wie in einer Zeitlupe vor. Curtis dreht sich ruckartig um und schleudert Morisson die Hantelscheibe in den Bauch. Der Schlag trifft ihn völlig unvorbereitet, und Morisson sackt zusammen. Curtis tritt wütend hinterher, und aus Morissons Mund kommt Blut. »Jetzt soll ich für dich auch noch zum Mörder werden, ja? Immer sollen andere für dich die Drecksarbeit machen. Jetzt ist Schluss.« Curtis hebt die Hantelscheibe über seinen Kopf, Morisson liegt röchelnd vor ihm auf dem Boden. »Ich bringe die drei nicht um. Ich werde lieber uns alle für immer von dir befreien. Du hast nur Schlechtes in mein Leben gebracht!« Curtis zittert, und vor meinem inneren Auge sehe ich schon die schwere Hantelscheibe aus seinen Händen in Morissons Gesicht fallen.

»Curtis! Nicht!« Ich packe ihn am rechten Arm und reiße ihm die Hantelscheibe aus der Hand. »Du denkst jetzt vielleicht, er hätte es verdient. Aber du darfst dein Leben nicht zerstören. Mord ist Mord, das wird dich dein Leben lang nicht loslassen.« Ich greife mir das Seil, das Curtis vorhin aus dem Inneren der Jacht geholt hat. »Komm, hilf mir.« Morisson kann sich vor Schmerzen kaum bewegen. Als wir ihn fesseln, zappelt er etwas und versucht sich zu wehren, doch Curtis ist stark, und gemeinsam haben wir ihn schnell außer Gefecht gesetzt.

Plötzlich hören wir Schritte.

Shit, der Sicherheitstyp!

Ich sprinte zur Treppe, die den oberen und unteren Teil der Jacht miteinander verbindet, und presse mich mit dem Rücken neben die unterste Stufe an die Wand. Als der Wachmann mit der Shotgun durch die Tür tritt, schlage ich ihm mit voller Wucht auf die Unterarme und haue ihm so das Gewehr aus den Händen. Es knallt auf den Boden, und Lara reagiert so blitzschnell, wie sie sonst

über die Wellen reitet, und richtet die Waffe auf ihn. »Keinen Schritt weiter. Und Hände hoch.« Der Typ funkelt sie an und hebt langsam die Arme.

»Das hast du wie ein Profi gesagt.« Lara lächelt über meine Bemerkung, wendet ihren aufmerksamen Blick aber nicht von ihm ab.

»Fahr uns sofort zurück zum Ufer!«, weist sie ihn an. »Josh, ruf meinen Vater an. Und die Polizei. Unser feiner Mr Morisson soll ein schönes Empfangskomitee bekommen.«

Sie scheint richtig Freude an ihrer neuen Rolle als Chefin an Bord zu haben.

»Ihr könnt gar nichts beweisen«, knurrt Morisson und rüttelt vergeblich an seinen Fesseln.

»Sicher nicht?« Lara grinst erst Morisson, dann mich an. Wir starren beide auf den Gegenstand in ihrer Hand, den sie fröhlich in die Luft hält. Es ist mein Handy.

»Ich würde sagen, bei Ihrer widerlichen Show hatten Sie ein paar mehr Zuschauer als nur uns.« Sie schaut auf das Phone. »Knapp achthundertvierzigtausend.« Sie reicht es mir, und ich sehe, dass sie bei Instagram seit fünf Minuten eine Live-Story sendet.

»Einen besseren Beweis gibt es wohl nicht«, sagt Lara stolz. Ich bin völlig verblüfft. Dieses Mädchen ist der Wahnsinn. »Wie hast du denn mein Handy entsperrt? Ich habe dir nie den Code genannt.«

»Stimmt. Ich habe auf dem Sperrbildschirm sofort gesehen, dass du den normalerweise sechsstelligen Code auf einen vierstelligen umgestellt hast. Und dann habe ich geraten. Neunzehnhundertzehn.«

Ich strahle. Dieses Mädchen ...

»Genau. Das Gründungsjahr ...«

»... des FC St. Pauli! Wie du es mir erzählt hast.«

»Du kennst mich inzwischen ziemlich gut«, sage ich. »Und ich finde, wir sind ein echt gutes Team.«

Als wir anlegen, ist Morissons Anwesen voller Polizisten. Auf dem Steg steht ein Sondereinsatzkommando, das SWAT-Team. Die Männer tragen schusssichere Westen, Helme, schwere Stiefel und Skimasken. Einige sichern das restliche Team mit Schutzschildern, die anderen zielen mit ihren Gewehren auf den Sicherheitsmann am Steuer. Die Jacht dockt am Steg an, und sofort stürmen sie das Boot. Der Sicherheitstyp hebt sofort die Hände und geht auf die Knie. Das SWAT-Team führt ihn und den gefesselten Morisson ab. »Alle auf den Boden!«, ruft einer der Männer der Spezialeinheit zu uns.

Wir legen uns mit dem Bauch auf das Deck und nehmen die Hände hinter den Rücken. Einer der SWAT-Polizisten beugt sich zu Lara runter. »Ihr habt die Polizei gerufen?« Sie nickt. »Okay, wir müssen uns hier an Bord erst einen Überblick verschaffen. Die beiden hier gehören zu dir?« Lara nickt wieder. »Und er da?« Der Polizist blickt zu Curtis, der vor der Reling am Boden liegt und jetzt seinen Kopf in unsere Richtung dreht. Er sieht mich gespannt an. In seinen Augen ist ein Flehen zu erkennen. Mir ist, als wenn ich seine Gedanken lesen kann.

Du hast es in der Hand, Josh. Du entscheidest darüber, ob ich in den Knast gehe oder nicht.

Die Gedanken kreisen so krass in meinem Kopf hin und her, dass ich Angst habe, er könnte platzen. Einerseits ist Curtis derjenige, der Terry entführt hat. Andererseits weiß ich inzwischen, dass Morisson seine Notlage ausgenutzt und ihn dazu gedrängt hat. Und er hat uns eben auf dem Meer das Leben gerettet.

Dann passiert etwas, mit dem ich nie gerechnet hätte. Ehe ich dem Polizisten etwas sagen kann, antwortet Curtis selbst auf dessen Frage. »Nein, Sir, ich gehöre nicht zu denen. Ich habe für Jack Morisson gearbeitet und werde keinen Widerstand leisten.« Das SWAT-Team legt ihm daraufhin Handschellen an. Die Spezialeinheit durchsucht die Jacht, nach ein paar Minuten ruft einer »Alles sauber!« und wir dürfen aufstehen. Sie führen Lara, Andrew und mich von Bord.

»Dad!«, ruft Lara. Ihr Vater Mitch steht im Garten, rennt mit Tränen in den Augen auf sie zu und nimmt sie in den Arm. »Oh mein Gott, ich habe mir solche Sorgen um dich gemacht, Süße«, sagt er.

Eine schwarzhaarige Frau in einem dunklen Hosenanzug kommt auf uns zu und stellt sich als Special Agent Elisabeth Davenport vor. Sie erklärt uns, dass sie uns jetzt zu dem Fall befragen wird und wir ihr erzählen sollen, was auf der Jacht passiert ist. Weil es immer noch stürmt und regnet, gehen wir in Morissons Haus und setzen uns auf die Sofas im Wohnzimmer. Ein Polizist bringt uns Handtücher und Lara eine Decke, die sie sich über die Schultern legt.

Wir berichten der Frau, was passiert ist, und sie nimmt das Gespräch mit ihrem Smartphone auf. Ich halte Laras Hand und spüre, wie sich ihr Puls langsam beruhigt. Agent Davenport macht sich immer wieder Notizen.

»Wir vom FBI haben Officer Lazar verhaftet. Er wird wegen Korruption und Körperverletzung angeklagt. Sein Anwalt hat ihm dringend dazu geraten, mit uns zu kooperieren, er ist inzwischen geständig.« Sie blättert in ihrem Notizblock ein paar Seiten zurück. »Lazar hat ausgesagt, dass ihn Curtis in der Nacht angerufen hat, als ihr Terry aus der Lagerhalle befreien konntet. Curtis wusste von Morisson, dass Lazar für ihn arbeitet. Morisson hat ihm wohl immer gesagt: Wenn es ein Problem gibt, ruf Lazar an, der ist uns noch einiges schuldig.«

Agent Davenport lächelt uns an. »Ihr habt das da draußen auf dem Wasser wirklich großartig gemacht. Wir waren schon lange hinter dem großen Mister X des Wettgeschäftes hinterher. Morisson hat sich gut getarnt. Jetzt haben wir ihn endlich. Vielen Dank.«

Sie wendet sich Terry zu, der wirklich mitgenommen aussieht.

»Wir haben einen Seelsorger hier. Es kann dir helfen, mal mit ihm zu sprechen. Er ist sehr erfahren. Du hast in letzter Zeit einiges mitmachen müssen ...«

Terry blickt an ihr vorbei durch die riesigen, gläsernen Terrassentüren der Morisson-Villa die Küste hinunter Richtung Venice. Und sagt mit entschlossenem Blick: »Das Beste für meine Seele ist es jetzt, Fußball zu spielen. Ich will mich endlich einfach wieder frei fühlen. Und das kann ich auf dem Spielfeld.«

12 Spiel des Lebens

Drei Wochen später

Ich beiße immer schneller auf meinem Kaugummi und zupfe an meinem Trikot herum. So nervös war ich noch nie vor einem Spiel. Ich stehe im Spielertunnel des Jugendstadions von L.A. Galaxy. Unsere Camp-Mannschaft hat sich aufgereiht, vor mir steht Terry. Er dreht sich kurz zu mir um und strahlt eine totale Lockerheit aus. »Showtime, Baby!«, ruft er mir und den anderen zu. Seine Augen leuchten dabei.

Der Schiedsrichter hält den Ball unter seinem rechten Arm und gibt beiden Mannschaften mit einem Handzeichen zu verstehen, dass sie ihm folgen sollen. Wir gehen Richtung Spielfeld, durch die Lautsprecher dröhnt die Stimme des Stadionsprechers: »Ladys und Gentlemen, bitte begrüßen Sie das Team Elite-Soccer-Camp und die U16 der L.A. Galaxy!«

Die Zuschauer erheben sich und applaudieren, aus den Boxen hämmert dazu Queens »We will rock you«. Ich schwenke mit meinem Blick über die Tribünenränge. Jeder Platz ist besetzt. Wie krass! Das sind Tausende Menschen.

Terry führt unsere Mannschaft an und trägt an seinem rechten Oberarm die Kapitänsbinde in den Nationalfarben der USA – Rot, Weiß und Blau. Vor ihm läuft ein Kameramann rückwärts auf den Platz und filmt unseren Einmarsch und unsere Gesichter. An der Mittellinie stellen wir uns auf. »Den Livestream sehen Talentscouts in aller Welt«, flüstert Terry mir zu und zeigt auf die Kamera. Er mustert meine Haare und grinst. »Deine Frisur sitzt auf jeden Fall. Jetzt musst du nur noch gut spielen.« Er schafft es, mir mit dem Spruch für einen Moment die Anspannung zu nehmen, und ich muss lächeln. Dann marschiert eine Kapelle ein und spielt die Nationalhymnen: erst die der USA für das Galaxy-Team, dann eine Mischung verschiedener Hymnen für unser Team. Für jeden Spieler werden einige Sekunden der Melodie seines Landes gespielt. Ich stehe zwischen Gustav und Terry, und Gustav perlen sogar ein paar Tränen aus dem Augenwinkel, als die schwedische Hymne angespielt wird.

Als die deutsche erklingt, fühle ich mich, als wäre ich Serge Gnabry und das hier eine WM. Meine Anspannung verwandelt sich von Sekunde zu Sekunde immer mehr in Konzentration, ich kann den Anpfiff kaum noch erwarten. Ein berauschendes, erwartungsvolles Gefühl prickelt in meinem Körper.

Nach den Hymnen prüft der Schiedsrichter die Funkverbindung zu seinen Assistenten an den Außenlinien und ich nutze dich Zeit, um mich mit kurzen Sprints warm zu halten. Mir schießen Gedanken an die vergangenen Tage durch den Kopf. Die Schmerzen in meinem Knöchel vom Sturz in der Lagerhalle waren zum Glück nach ein paar Tagen wieder verschwunden. Und weil ich zusätzlich zum Teamtraining noch im Kraftraum wie ein Irrer geschuftet habe, um rechtzeitig wieder mit den anderen gleichauf zu sein, ließ Mitch mich im Camp.

Terry hatte sich schneller, als wir alle gedacht hätten, wieder ins Camp eingewöhnt und die Entführung hinter sich gelassen. Bei den letzten Trainings war er der Beste. Ich hatte den Eindruck, der Fußball sei wie eine Therapie für ihn. Als würde er auf dem Rasen alles um sich herum vergessen. Auch die Sticheleien von Alessio machten ihm offensichtlich nichts aus. Dieser Penner ist auch nach der Entführung genauso ätzend zu uns wie vorher. Er hat Terry nach dessen Rückkehr in die Villa allen Ernstes mit den Worten begrüßt: »Wir sind ohne dich ziemlich gut zurechtgekommen.« Was für ein Idiot. Und der leichtgläubige Jadon dackelt ihm immer noch hinterher und grinst dabei debil. Immerhin haben die beiden mit Terrys Entführung doch nichts zu tun gehabt.

Ich bin echt kein schadenfroher Mensch. Und ich bin ehrlich: Ich müsste lügen, wenn ich sagen würde, dass ich bei der Mannschaftssitzung vorhin keine Genugtuung verspürt hätte. Mitch war vor die Mannschaft getreten und hatte unsere Startformation per iPad und Beamer an die Wand geworfen. Und als ich die sah, musste ich innerlich grinsen. Jubeln. In die Luft springen. Vor Freude kreischen.

Ich auf der zehn! Auf der verdammten Nummer zehn, der wichtigsten Position in der Offensive. Und Terry auf der sechs, im zentralen Mittelfeld, vielleicht die wichtigste Position überhaupt. Wir beide als Schaltzentrale der Mannschaft. Und Alessio nur halb rechts.

Karma nenn ich das! Auf dich ist eben doch Verlass.

Terry hat sich das so krass verdient, seit seiner Rückkehr hat er noch besser trainiert als vor der Entführung.

Wir saßen kurz vor Anpfiff alle vor unseren Spinden in der Kabine, Mitch stellte sich in die Mitte des Raumes und fixierte Terry mit seinem Blick. Dann sagte er: »Terry, du bist heute unser Kapitän. Du bist das Herz unserer Mannschaft. Du diktierst das Tempo. Spiel einfach, wie du immer spielst.« Anschließend wandte Mitch sich zu uns allen: »Jungs, zeigt den Leuten da draußen, dass ihr es draufhabt. Zeigt ihnen, was ihr hier im Camp gelernt habt.« Er wurde mit jedem Satz lauter, seine Stimme war voller Stolz und Überzeugung. In der Kabine war es komplett still und alle schauten Mitch gebannt an, als gäbe es auf dieser Welt absolut nichts anderes, was zählte, außer die Worte unseres Trainers. »Zeigt ihnen, dass ihr bereit seid für die großen Clubs. Dass ihr bereit seid für eure Träume.«

Es fühlte sich an, als würde die Kabine unter Strom stehen, so krass war die Energie in diesem Raum zu fühlen. Von nun an wollten wir einfach nur noch raus, wie eine Horde Löwen, die man aus dem Käfig lässt. Mein Selbstvertrauen war gigantisch groß.

Doch hier draußen auf dem Rasen ist es anders. Hier ist der Druck zu spüren.

Anpfiff. Jetzt zählt es.

Terry passt auf mich zurück und ich habe das ganze Spielfeld vor mir. Mitch hat Gustav als einzigen Stürmer aufgestellt, und ich sehe, wie er sich direkt freiläuft. Mit dem Ball am Fuß sprinte ich durchs Mittelfeld, um mir etwas Raum zu verschaffen. Ich hole aus und will einen Diagonalball schlagen, als plötzlich der kleine Linksverteidiger der Galaxy vor mich springt und mir den Ball wegspitzelt. Der Kleine ist unfassbar schnell und sprintet in unsere Hälfte. Obwohl ich sofort umschalte und ihm hinterherrenne, habe ich keine Chance, ihn einzuholen. Ich kann nur tatenlos zusehen, wie er einen Steilpass auf seinen riesigen Stürmer spielt, der an unserer Abwehrkette vorbei in unseren Strafraum zieht und eiskalt einschiebt.

0:1.

Ich blicke auf die Videowand im Stadion. Es sind gerade mal 35 Sekunden gespielt.

Fuck, Mann! Schlimmer hätte das Spiel echt nicht anfangen können.

Ich sehe, wie unser französischer Torwart Yanis frustriert

den Ball aus dem Netz fischt. Und traue mich kaum, zur Seitenlinie zu blicken. Mitch dürfte extrem sauer sein. Ich richte meine Augen auf den Rasen. Und spüre trotzdem, wie mich jemand ansieht: Alessio wirft mir einen düsteren Blick zu. Ich ärgere mich so sehr über mich selbst. Terry joggt zu mir.

»Hey Kumpel, weiter geht's. Passiert jedem mal. Wir haben noch das ganze Spiel Zeit. Behalt den Kopf oben!« Er klopft mir aufmunternd auf den Rücken, fängt den Ball, den Yanis ihm zuwirft, und legt ihn auf den Anstoßpunkt.

Galaxy macht weiter total Druck. Ihre Mittelfeldspieler sind schnell und begehen bei der Ballannahme kaum Fehler, jeder ihrer Pässe kommt zentimetergenau. Wir haben uns so viel für dieses Spiel vorgenommen, auf das wir seit dem Beginn des Camps hinarbeiten. Aber jetzt spielen wir alle viel schlechter als im Training. Unser Portugiese Rodrigo macht als Rechtsverteidiger viel zu wenig nach vorn und lässt sich von den Galaxy-Stürmern ständig überlaufen. Unser Brasilianer Luiz auf der linken Außenbahn dribbelt sich dauernd fest, Alessio verliert nahezu jeden Zweikampf, und sein Kumpel Jadon postiert sich als Innenverteidiger meist völlig falsch, sodass unsere Abseitsfalle nie funktioniert. Nach 15 Minuten steht Galaxys Stürmer völlig frei bei uns am Fünfmeterraum und nimmt eine Flanke von rechts volley – 2:0 für L.A.

»Weiter, Jungs, kommt! Mehr Konzentration.« Mitch läuft an der Seitenlinie in seiner Coaching-Zone auf und ab und klatscht immer wieder in die Hände. Doch bei uns geht nichts. Ich wollte der Mannschaft Halt geben, ein Eckpfeiler sein. Doch jetzt bin ich nur ein Mitläufer, mir gelingt so wenig wie noch nie.

Irgendwie habe ich in den vergangenen Minuten den Glauben an meine Stärke verloren. Die Kulisse, der Lärm, die Kameras, meine Gedanken an St. Paulis Manager Stenger mit seinen Erwartungen an die Spieler der Zukunft – all das lähmt mich.

Der Einzige, der Torgefahr ausstrahlt, ist Terry. Er fordert den Ball, hält ihn auch mal ein paar Sekunden und kämpft sich Richtung Strafraum durch. Doch für ein Tor reicht es nicht. Und beim Kontern ist die Galaxy unfassbar gefährlich. Wir sind froh, dass wir das 0:2 in die Pause retten. Alle wirken erleichtert, dass wir bislang zumindest nicht völlig untergegangen sind. Von Sieger-Mentalität keine Spur.

In der Kabine ist es mucksmäuschenstill. Jeder ist geschockt von unserer Leistung. Mir gegenüber sitzt Gustav. Er hat die Ellenbogen auf seine Oberschenkel gestützt und seinen Kopf in einem Handtuch vergraben. Sein Oberkörper bebt. Als er das Handtuch nach einigen Sekunden wegnimmt, sehe ich, dass er weint.

»Jungs, hört zu«, beginnt Mitch seine Halbzeit-Ansprache. »Noch ist nichts verloren. Wir müssen im Mittelfeld ...«

In dem Moment knallt Gustav sein von Schweiß und Tränen durchnässtes Handtuch auf den Boden. »Ich bin so bescheuert ...«, sagt er zu sich selbst. Offenbar nimmt er gar nicht wahr, dass Mitch gerade zu uns spricht. Gustav ist total frustriert, steckt wie in einem Tunnel. »Ich schmeiße hier gerade die Chance meines Lebens weg.«

Er hat mir im Camp oft erzählt, dass es sein großer Traum ist, in Zukunft bei Malmö FF zu spielen, einem der größten Clubs in Schweden. »Ich habe es verkackt. Wir alle verkacken es hier gerade. Wer soll uns denn nehmen?«

Terry sitzt neben mir und springt von der Bank auf. Er stellt sich neben Mitch und sieht Gustav an.

»Ja, Mann, du hast recht. Aber wir haben noch fünfundvierzig Minuten. Wir starten jetzt bei null. Wir nehmen die zweite Halbzeit als eigenes Spiel. Stellt euch einfach vor, es steht null zu null.« Er lässt seinen Blick jetzt reihum von Spieler zu Spieler schweifen. »Jungs, wir haben in den letzten Wochen alle für dieses Spiel gelitten. Denkt an all die Nachmittage, an denen ihr mit heißen Girls am Strand hättet abhängen können. An denen ihr aber auf dem Trainingsplatz wart! Denkt an all die Morgenstunden, in denen wir am Strand gelaufen sind, anstatt auszuschlafen. Denkt an all den Schweiß, den ihr vergossen habt.«

Genau! Er hat so recht! Terrys Worte geben mir sofort Kraft. Ich springe auf, stelle mich auf die Sitzbank und beuge mich zu den Jungs vor.

»Und denkt an die Scheiße, die Terry während der Entführung durchmachen musste, verdammt!«

Hab ich das gerade echt gesagt? Die Worte kamen plötzlich einfach aus mir heraus.

Kurz sagt keiner etwas, alle blicken mich an. Dann sehe ich Gustav nicken. Er steht auf und klatscht. Dann erhebt sich auch Luiz und klatscht mit. Dann Rodrigo. Dann Yanis. Und dann stehen alle, sogar Alessio und Jadon. Und wir alle applaudieren uns und machen uns Mut.

»So will ich das sehen, Jungs! Und jetzt geht da raus und beweist es euch selbst. Ihr habt es drauf!«, ruft Mitch. »Und spielt mehr über die Außen!« Dann pfeift der Schiedsrichter zur zweiten Halbzeit.

Wir laufen neben den Galaxy-Spielern aufs Feld, und Terry flüstert mir ins Ohr: »Mitch hat recht. Nicht so viel durch die Mitte, mehr über die Seiten.« Ich nicke.

Galaxy spielt weiter so schnell nach vorn wie in der ersten Halbzeit, doch unser Mittelfeld ist jetzt viel griffiger. Alessio fängt einen Steilpass von L.A. mit einer Grätsche ab, rappelt sich auf und spielt den Ball zu mir. Ich lasse mit einer blitzschnellen Körperdrehung zwei Gegenspieler stehen und dribble über die rechte Seite los. Endlich habe ich mal Platz. 20 Meter vor dem Tor überlege ich abzuziehen, mein rechter Fuß ist eine Waffe und die Schussbahn ist frei. Ich hole aus und sehe dabei, wie sich Terry freiläuft. Ich drehe meinen Fuß und lupfe den Ball über die Abwehrkette in seinen Lauf, Terry nimmt ihn perfekt mit der Brust an und ballert per Seitfallzieher ins rechte obere Eck.

Nur noch 1:2.

»Ja Jungs! Weiter so«, rufe ich über den Rasen. Ich klatsche mit allen ab, auch mit Alessio. Er schaut mich zuerst zögernd an, dann haut er mir locker auf die Schulter. »Guter Pass, Mann. Scheiß jetzt drauf, was alles war. Jetzt zählt nur das hier.« Seine Augen leuchten, und ich gebe ihm mit einer schnellen Kopfbewegung zu verstehen, dass ich es genauso sehe.

An der Körpersprache der Galaxy-Spieler kann ich ablesen, wie siegessicher sie trotz des Gegentreffers sind. Sie spielen immer noch selbstbewusst und probieren es mit Doppelpässen, doch unsere Jungs in der Abwehr haben sich jetzt viel besser auf ihre Taktik eingestellt und verteidigen wachsam. Als der große Galaxy-Stürmer sich ins Mittelfeld fallen lässt und den Ball bekommt, pirsche ich mich von hinten an ihn heran. Mit einem Tackling erobere ich den Ball und spiele ihn flach auf Gustav, der sich mit einer Körpertäuschung etwas Platz auf Abseitshöhe verschafft hat. Die Galaxy-Verteidiger blicken flehend zum Schiedsrichter-Assistenten an der Außenlinie, doch dessen Fahne bleibt unten. Und Gustav rennt auf das Tor zu. Der Torwart kommt raus und wirft sich vor seine Füße – doch er kommt zu spät. Gustav hat die Aktion geahnt, umkurvt den Keeper und schiebt ein.

2:2.

Plötzlich ist es im Stadion ganz still. Der Ausgleich schockt die vielen L.A.-Fans, die meisten Zuschauer sind für die Galaxy, das erkenne ich an ihren Trikots und Fahnen. Umso lauter ist Gustavs Jubel zu hören. »Yes!«, brüllt er, und ich sehe Terry auf ihn zusprinten und ihn umarmen.

»Das hätte euer Nationalheld Ibrahimović nicht besser machen können«, sage ich grinsend, als ich zum Jubel bei den Jungs ankomme. Wir lachen.

Ich schaue auf die Videowand. Noch zehn Minuten.

Galaxy versucht jetzt, das Spiel zu verschleppen. Unser Ausgleich hat sie offensichtlich überrascht, sie wollen sich erst mal sammeln und neu ordnen und spielen den Ball viel hintenrum. Terry rudert immer wieder wild mit den Armen. Ich verstehe sofort, was er uns sagen will: Wir sollen uns nicht täuschen lassen, die sind jetzt auf einen Konter aus.

Geduldig stellen wir die Räume zu. Die Sonne brennt vom Himmel, die Videowand zeigt 32 Grad an. Mir läuft der Schweiß in die Augen und ich spüre, wie meine Oberschenkel brennen. Das Spiel hat unglaublich Kraft gekostet.

Keiner will jetzt mehr einen Fehler machen. Galaxy und unser Camp-Team neutralisieren sich. Bis auf ein paar missglückte Fernschüsse und das Hin-und-her-Geschiebe vom Ball ist für die Zuschauer nicht mehr viel zu sehen. Der Schiedsrichter schaut auf seine Uhr, und sein Assistent hebt die Digitaltafel: drei Minuten Nachspielzeit.

Galaxy hat den Ball und passt ihn durch das Mittelfeld, immer wieder von links nach rechts. Der Kapitän von L.A. nimmt einen Pass an und stellt den Fuß auf den Ball, um auf Zeit zu spielen.

Komm, Josh, ein Sprint geht noch.

Ich hole alles aus mir raus, jede Faser meines Körpers schmerzt beim Laufen. Doch ich werde noch mal schnell, die ersten Meter waren schon immer meine Stärke. Und damit hat der Spieler so gar nicht gerechnet. Er wird hektisch, will den Ball plötzlich lang nach vorn schlagen, doch ich fahre mein Bein aus und blocke seinen Pass. Der Ball fliegt Richtung Strafraum der Galaxy.

Ich höre nichts mehr.

Ich sehe nichts mehr.

Außer diesen Ball. Wie er da auf dem Rasen liegt.

Die Verteidiger von L.A. stehen weit auseinander, in der Mitte bin ich der einzige. Wenn ich an den Ball komme, bin ich frei vor dem Torwart. Ich komme immer näher und überlege, ob ich ihn rechts oder links am Keeper vorbeischießen soll. Und dann trifft mich ein Fuß. Voll in die Kniekehle. Ich sacke zusammen, der Ball trudelt ins Toraus. Ich knalle auf den Rasen und drehe mich um. Der Kapitän ist verzweifelt von hinten in mich reingegrätscht. Und der Schiedsrichter zeigt mit seinem ausgestreckten Arm auf den Elfmeterpunkt.

Gustav kommt auf mich zugelaufen und zieht mich hoch. »Weltklasse, Josh! Geht's bei dir?«

Ich habe Probleme aufzustehen, schaffe es aber mit seiner Hilfe. Terry hat sich den Ball geschnappt und hält ihn mir hin.

»Du bist unser sicherster Schütze. Du schießt, oder?« Er sieht mich an, als wäre das eine absolut rhetorische Frage. Als kenne er schon meine Antwort.

»Nein, Mann, ich kann nicht mehr richtig laufen, ich bin total im Arsch. Schieß du.« In Terrys Augen sehe ich Vorfreude auf den Strafstoß. Und Nervosität. »Du packst das!«, sage ich.

Terry atmet tief durch. Und legt den Ball auf den Punkt.

Der Galaxy-Torwart macht Faxen, um ihn abzulenken. Er springt wild auf und ab. Terry vermeidet den Augenkontakt mit ihm.

Der Schiedsrichter pfeift. Terry fixiert den Ball und läuft an. Ich sehe jetzt alles wie in Zeitlupe. Terry schießt mit Innenriss, der Ball fliegt in die rechte Ecke des Tores. Der Keeper wirft sich hinterher, streckt sich und berührt ihn mit den Fingerkuppen. Der Ball bekommt einen Rechtsdrift und fliegt gegen den Pfosten. Und prallt von da ins Tor.

3:2!

Wahnsinn!

Terry steht für einen Moment einfach nur da. Und wir anderen auch. Das alles hier wirkt absolut surreal. Gewinnen wir gerade echt gegen L.A. Galaxy? Als totaler Außenseiter?

»Jaaa, Mann!«, ruft Gustav und wirft sich auf Terry. Er erlöst uns damit aus unserer Schockstarre. Jetzt gibt es kein Halten mehr.

Ich vergesse alles um mich herum und werfe mich auch auf unseren jubelnden Haufen auf dem Rasen. Wir rasten völlig aus, brüllen, springen, umarmen uns. Und als wir zurück in unserer Hälfte sind und Galaxy den Anstoß macht, pfeift der Schiedsrichter direkt ab.

Mitch läuft auf den Rasen und gratuliert uns, dann kommen die Kamerateams und eine Reporterin auf uns zu. Sie fragt erst Terry und dann mich, ob sie uns gleich interviewen kann. »Klar! Geben Sie uns nur schnell eine Minute«, sagt Terry.

Er legt mir freundschaftlich den Arm um die Schulter und nimmt einen Schluck aus einer der Wasserflaschen, die uns Craig gebracht hat. Wir lassen unsere Blicke durch das Stadion schweifen.

Ich bleibe an der Tribüne hängen und suche mit den Augen nach Lara. Doch ihr Platz ist leer. Ich scanne die anderen Reihen nach ihr ab. Nichts. Plötzlich hält mir jemand von hinten die Augen zu. »Schätze, es stimmt, was die Leute sagen«, sagt eine zarte Stimme, und ich spüre Laras warmen Atem an meinem Ohr. »Los Angeles ist die Stadt, in der Träume wahr werden.«

Es knallt. Der Korken fliegt quer durch den Raum, und aus der Champagnerflasche in Mitchs Händen raucht und schäumt es. »Das war der geilste Abschluss in der Geschichte unseres Camps«, ruft er in die Villa. Craig bringt aus der Küche ein Tablett mit Gläsern, und Mitch schenkt ein. »Jungs, ihr seid noch unter einundzwanzig. Aber heute geht für jeden ein halbes Glas. Und für Craig und mich auch mehr.« Er grinst breit, und alle um ihn herum lachen.

Die meisten von uns chillen auf der Sofalandschaft im Wohnzimmer, Terry und ich stehen in der Küche, wo der Rest der Jungs am Tisch riesige Teller von Craigs selbst gemachter Bolognese-Pasta genießt. Die Stimmung ist total ausgelassen, Yanis spielt den DJ und steuert über sein Phone die Playlist. Aus den fetten Bose-Boxen der Villa dröhnt gerade *Sicko Mode* von Travis Scott und Drake.

»Hey Josh, wie heißt noch dieses deutsche Lied, was du neulich gehört hast?«

Ich grinse. »*Orbit* von Shirin David.«

Yanis drückt auf seinem Smartphone herum, und als er den Song gefunden hat, freut er sich wie ein kleines Kind im Süßigkeitenladen. »Ich werde kein Wort verstehen, aber ich mache es trotzdem an, der Beat ist super«, ruft er lachend.

Sekunden später hämmert der Song aus den Boxen.

Schon immer war das Spiegelbild mein Vorbild
Visionen groß, das Limit ist der Orbit
Ich such das Abenteuer, du suchst Vorsicht, yeah, yeah
Ich will die Welt, was sie auch kostet, kostet

Alle gehen voll ab.

Wobei – nicht wirklich alle. Ich tanze nicht. Ich bin in Gedanken versunken und blicke ins Leere.

»Hey Bro. Lass uns für ein paar Minuten auf die Dachterrasse gehen, was meinst du?« Terry zeigt mit seinem Champagnerglas Richtung Decke. Ich nicke. Er weiß inzwischen genau, wann ich mal einen Moment Ruhe gebrauchen kann.

Wir blicken auf das dunkle Meer und all die bunten Leuchtschilder und Lichterketten der Restaurants und Shops an der Strandpromenade. Von hier oben sieht Venice viel kleiner aus, als es tatsächlich ist.

»Unser letzter Abend. Morgen ist das alles hier vorbei«, sagt Terry. »Bist du deswegen traurig? Auf jeden Fall siehst du so aus.«

Ich sehe einem Radfahrer mit Neon-Blinker in seinen Speichen zu, wie er Slalom um die Palmen vor dem Skater-Park fährt.

»Ich weiß einfach nicht, ob *eine* gute Halbzeit gereicht hat«, antworte ich ihm. »Unsere zweiten fünfundvierzig Minuten waren wahnsinnig gut. Aber genügt das? Ich meine, wir können noch nicht wissen, ob die bei St. Pauli nicht sagen: Die Fehler von diesem Josh in der ersten Halbzeit waren einfach zu schwerwiegend. Wir feiern jetzt hier, aber haben wir überhaupt Grund dazu? Wenn die großen Vereine uns nicht nehmen, ist der Sieg nichts wert.«

Terry sieht mich ernst an. »Das sehe ich ganz anders. Egal was passiert – dieser Sieg ist für die Ewigkeit. Wir werden uns immer daran erinnern. An diesen Tag. An unsere gesamte Zeit in L.A.«

Er hat so recht, Mann. Lass dir diesen Abend nicht von deinen Zweifeln kaputt machen.

Ich schäme mich jetzt, dass ich die Partystimmung so trübe. »Was ist mit Lara? Kommt sie noch?« Terrys Frage reißt mich aus meinen wirren Gedanken.

»Leider nicht. Auch am letzten Abend gilt: keine Girls in

der Camp-Villa.« Ich fische mein Handy aus der Hosentasche.

»Aber wir treffen uns gleich am Strand.«

»Alles klar. Dann will ich nicht der Grund sein, dass du zu spät kommst. Lass uns wieder runtergehen.«

Auf der Treppe treffen wir Alessio und Jadon, die aus ihrem Zimmer ihre iPads holen. »Wir tauschen gerade unten unsere besten Fotos aus der Camp-Zeit aus. Als Erinnerung. Kommt ihr auch?« Alessio sieht uns an. Die Feindseligkeit ist aus seinem Gesicht verschwunden, und Jadon sehe ich zum ersten Mal lächeln.

»Vielleicht später. Aber danke«, sage ich.

»Okay. Hey, Mann, unser Flug nach Rom geht morgen sehr früh. Deswegen schon jetzt: Alles Gute.« Die Aufrichtigkeit in Alessios Stimme beeindruckt mich. Die kannte ich vorher nicht von ihm.

Wir alle geben uns die Hand. Beste Freunde werden wir sicher nicht mehr, wahrscheinlich werde ich die beiden nie wiedersehen und auch keinen Kontakt über WhatsApp haben. Aber das ist in Ordnung. Dieser Abschied ist mehr, als ich erwartet habe. »Euch auch, Jungs. Wie sagt man in Italien: ciao ciao.«

Als ich pünktlich um neun an unserem verabredeten Treffpunkt vor der kleinen Eisdiele an der Venice-Promenade ankomme, ist Lara schon da. In ihrem weißen Sommerkleid sieht sie wunderschön aus, in ihre Haare hat sie sich eine hellblaue Blüte gesteckt. Ich freue mich total, sie zu sehen. Und gleichzeitig verursacht ihr Anblick ein schmerzhaftes Stechen in meiner Brust.

Du siehst sie zum letzten Mal …

»Hey Matchwinner«, sagte sie und strahlt mich an. »Ich hab uns zwei Schoko-Minz-Eis im Sandwich bestellt, sind gleich fertig. Die sind der Hammer.« Um uns herum wuseln Skater, Touristen, Familien und Straßenkünstler. Doch mir scheint es, als wären Lara und ich in diesem Moment ganz allein auf der Welt. Nur wir beide.

Die Verkäuferin reicht uns das Eis, und Lara hat wirklich nicht zu viel versprochen. Es steckt zwischen zwei Waffeln, die sich so richtig schön mit dem Eis vollsaugen und eine herrlich süße Masse ergeben. Ein erstklassiger Snack. »Chef-Level-Snacking«, sagt Lara und zwinkert mir zu.

Ohne dass einer von uns die Richtung vorgegeben hat, schlendern wir auf den Strand zu. Der Ozean ist ganz ruhig an diesem Abend. Wir sagen die ganze Zeit kein Wort. Ich spüre, wie wir beide dasselbe denken.

Was sagt man, wenn man kaum mehr Zeit hat, sich etwas zu sagen? Jeden der Sätze, die ich in meinem Kopf forme, streiche ich wieder, bevor ich ihn ausspreche. Sie fühlen sich alle wie Verschwendung an.

»Wie war die Party bei euch?« Ich bin Lara dankbar, dass sie die Stille zwischen uns bricht.

»Echt gut. Ist noch in vollem Gange. Als ich los bin, haben Yanis und Mason zum Song einer deutschen YouTuberin getanzt, und nachher performen sie bestimmt wieder den Shuffle-Dance zu Cardi B. Und dein Dad und Craig haben zugesehen und sich kaputtgelacht.«

»Das klingt nach Spaß«, sagt Lara lachend. »Dad ist sehr stolz auf euch, das weiß ich.«

Die kleinen Wellen platschen sanft auf den Sand, das Rauschen des Ozeans klingt wie eine wunderbar ruhige und gleichmäßige Melodie. Der Mond leuchtet gleißend hell, die Sterne strahlen und spiegeln sich in Laras Augen. Sie sieht mich an, und in ihrem Blick erkenne ich jetzt etwas sehr Ernstes.

»Josh, ich habe Angst.« Sie nimmt meine Hand und verhakt ihre Finger in meinen. »Ich habe so große Angst.« Mit jedem Wort drückt sie meine Hand fester, und ich sehe eine Träne ihre Wange runterrollen.

»Wovor?«, frage ich leise.

»Davor, dass wir uns nie wiedersehen.«

Der Wind weht ihr eine Strähne ins Gesicht. Ich streiche sie Lara aus der Stirn und hinter ihr Ohr und umfasse ihr Gesicht mit meinen Händen. Wir stehen jetzt so nahe beieinander, dass ich ihr Herz schlagen spüre. Ich ziehe Laras Kopf zu mir ran und küsse sie. Mein ganzer Körper steht unter Strom. Alles prickelt. Lara schlingt ihre Arme um meinen Hals. Meine Knie sind nur noch Pudding, in meinem Kopf dreht sich alles vor Glück. Ich will, dass dieser Moment nie vorübergeht. Meine Augen sind geschlossen. Das Gefühl ist nicht von dieser Welt. Ihre warmen Lippen auf meinen machen mich verrückt.

Ich frage mich, wie ich ohne diese Küsse leben soll.

Wie ich ohne dieses Mädchen leben soll.

13 *Ein unnormal cooler Anruf*

Der vierte Tag in Folge Regen. Kragen hoch, Kopf runter. Der Hamburger Sommer ist mal wieder ein Witz. Einziger Vorteil: Die Innenstadt ist heute schön leer. Sebi und ich laufen die Mönckebergstraße runter. Balu schnüffelt den gesamten Gehweg ab, und Sebi muss ganz schön an der Leine ziehen, damit sein Labrador nicht in Richtung einer total hübschen Dobermann-Lady abhaut. »Balu ist heute auf Liebes-Jagd«, sagt Sebi lachend.

Er brauchte unbedingt eine neue Gamer-Tastatur, denn nach dem League-of-Legends-Turnier am Wochenende hat seine alte den Geist aufgegeben. Ich habe dann noch nach unserem Abstecher in den Elektromarkt bei einem Laden für Sneaker zugeschlagen: ein Paar weiße Air Force One von Nike.

Die werden ihr gefallen.

»Wann landet die Maschine noch mal?«, fragt Sebi und schaut dabei auf die Uhr.

»Um eins«, antworte ich.

»Okay Digga, dann müssen wir ein bisschen Gas geben. Frauen soll man nie warten lassen, sagt man doch, oder?«

Sebi zieht Balu von einer Bratwurst weg, die irgendjemandem vor der legendären Imbissbude *Mö-Grill* auf den Boden gefallen ist. »Du bist sicher, dass ich mitkommen soll? Dass ihr nicht erst mal allein sein wollt?«

Ich nicke. »Tausend Prozent, Mann. Sie soll meinen besten Freund gleich kennenlernen.« Sebi lächelt stolz, und wir gehen mit schnellen Schritten zur S-Bahn, die uns zum Flughafen nach Fuhlsbüttel fährt.

Auf der großen Tafel im Ankunfts-Terminal lese ich hinter dem Flug AA433 *gelandet*. Mein Herz schlägt immer schneller.

Gleich sehe ich sie wieder! Endlich!

Um uns herum stehen Menschen mit Ballons und Schildern in der Hand, auf denen in bunten Buchstaben *Willkommen zurück!* oder *Happy Birthday, Paul* steht.

Ich bekomme ein schlechtes Gewissen. Ich habe gar nichts dabei. Mein Blick fliegt zu dem Supermarkt im Terminal. »Ich hole noch schnell ein paar Blumen. Blumen gehen immer, oder?«, frage ich und bin jetzt dermaßen hektisch und aufgeregt, dass ich Sebis Antwort gar nicht mehr mitbekomme.

Im Laden dränge ich mich durch eine Gruppe von Rentnern und suche die Ecke, in der die Blumen stehen, als ich zwischen dem Regal mit Schokoriegeln und dem Gang mit Putzmitteln ein Vibrieren in meiner Hosentasche spüre. Auf dem Display meines Phones leuchtet eine mir unbekannte Hamburger Festnetznummer auf.

»Hallo?«

»Moin, spreche ich mit Joshua Beck?«

Ich kenne die Stimme, kann sie aber nicht gleich zuordnen.

»Ja, das bin ich.«

»Sehr gut, hallo, mein Lieber! Hier spricht Matze Stenger vom FC St. Pauli. Ich habe eine kurze Frage an dich.« Im Hintergrund ruft ein Flughafen-Mitarbeiter über die Lautsprecher gerade die letzten Passagiere für einen Flug nach Moskau auf. »Oh, du bist unterwegs, wie ich höre. Ich hoffe, ich störe nicht …«

Matze! Stenger! St. Pauli!

Mein Puls rast. Ich habe das Gefühl, ich werde gleich ohnmächtig.

»Nein, Quatsch … Sie stören nicht. Ich bin nur am Flughafen und hole ...« Ich stocke kurz, denn es fühlt sich noch immer ungewohnt an, das zu sagen. »Ich hole meine Freundin ab.«

»Hey, du bist ja ein echter Gentleman! Klasse. Dann will ich dich nicht lange aufhalten und komme direkt zum Punkt.« Stenger macht eine kurze Pause und redet dann weiter. »Ich habe mir das Spiel eures Camp-Teams gegen die Galaxy neulich im Livestream angesehen. Du entwickelst dich wirklich super, ich habe dich vorher auch schon bei Niendorf spielen sehen. In der ersten Halbzeit gegen L.A. wart ihr nicht gerade gut, das muss ich ganz offen sagen. Doch dann habt ihr Moral bewiesen. Ohne Moral und enormen Willen kann man so ein Spiel nicht drehen, und du warst in der zweiten Halbzeit ein echter Anführer. Deswegen würde ich mich sehr freuen, wenn du künftig für uns spielst. Du wärst eine Verstärkung für unsere U16, da bin ich mir ganz sicher.«

Ich starre auf die Pril-Flaschen und Familienpackungen an Putzlappen und sage gar nichts. Das ist gerade alles zu krass für mich.

»Joshua, bist du noch da?«

»Ja, sorry ...«

»Was meinst du? Hast du Lust, für uns zu spielen?«

»Natürlich!« Endlich habe ich meine Sprache wiedergefunden und brülle jetzt vor Euphorie in das Handy. »Auf jeden Fall.«

»Schön, das freut uns. Meine Sekretärin ruft dich dann heute Abend noch mal an und wird mit dir einen Termin machen. Dann kommst du mal mit deinen Eltern bei uns vorbei, wir setzen einen Vertrag auf und zeigen dir alles hier bei uns. Ich wollte mich nur jetzt schon mal persönlich bei dir melden. Mach dir einen schönen Tag mit deiner Freundin. Bis bald.«

Ich könnte vor Freude alle Rentner neben mir auf einmal umarmen. In mir steigt ein wunderbar warmes Gefühl auf. Ich weiß gar nicht, über was ich mich gerade mehr freuen kann: Lara oder St. Pauli.

Den Kopf voller Gedanken, vergesse ich fast die Blumen. Kurz vor der Kasse drehe ich um, wähle einen rosa-gelben Strauß aus, zahle und gehe zurück zu Sebi.

»Was grinst du so?«, fragt er.

Ich halte ihm strahlend mein Phone hin und zeige mit der anderen Hand drauf. »Hab eben einen Anruf bekommen. Und rate mal, von wem.«

Sebi sieht mich ungläubig an. Als mein Grinsen deshalb noch breiter wird, checkt er es. »Neee! Hau ab! Nicht etwa von Pauli?«

»Doch, Mann!«

Sebi klatscht so heftig meine ausgestreckte Hand ab, dass der Sound unserer Hände durch das Terminal hallt und die Rentner vor dem Supermarkt streng zu uns rüberschauen. Wir lachen.

Was für ein abgefahrener Tag! Ich habe schon mal gesagt, dass ich solche Tage liebe, oder?

»Wenn du dann bald Profi bist, richtest du mir von der ersten verdienten Million in deiner neuen fetten Villa an der Elbchaussee ein Hightech-Gaming-Zimmer ein?«

»Klar, Mann«, antworte ich, ohne meinen Blick von den elektrischen Glastüren zu nehmen, die ständig auf- und zugehen. Immer mehr Menschen kommen aus der Halle mit den Gepäckbändern und werden von ihren Verwandten und Freunden begrüßt.

Und dann ist sie da. Mein Herz macht *Bäm! Bäm! Bäm!* Es hämmert so stark, dass ich mich kaum auf den Beinen halten kann.

Als sie mich entdeckt, lässt sie den Griff ihres pinken Trolleys los und läuft auf mich zu. Der Koffer knallt durch den Schwung beim Loslaufen auf den Boden, alle umstehenden Leute drehen sich zu uns, aber das bekommt Lara gar nicht mit. Ihre Haare fliegen durch die Luft. Ich habe das Gefühl, dass sich noch nie jemand so gefreut hat, mich zu sehen. Wir fallen uns in die Arme.

Als wir uns küssen, bin ich für einen Moment komplett weg.

Irgendwann lösen wir langsam unsere Lippen voneinander. Lauras Gesicht ist noch brauner als zu dem Zeitpunkt, wo ich sie das letzte Mal gesehen habe. »Ich habe dich so vermisst«, flüstert sie mir ins Ohr. »Und ich dich erst«, gebe ich zurück.

Ich schaue zu ihrem Koffer, der auf dem Boden liegt.

»Gar kein Surfbrett dabei?«

Lara lacht. »Nein, die Surf-Schule an der Nordsee gibt uns welche. Ich hoffe, die Boards bei euch in Deutschland kommen an unsere in Kalifornien ran.«

»Bestimmt! Das ist einfach so nice, dass du den Surf-Austausch organisieren konntest.« Lara hat mir neulich per FaceTime erklärt, wie der Austausch abläuft: Drei Mal pro Woche wird ein Shuttle sie von Hamburg nach Sankt Peter-Ording bringen. An den übrigen Tagen geht sie zur Schule und lernt Deutsch. Und das Beste: Sie wohnt bei uns. Für die gesamte Zeit des Programms, für drei Monate.

»Und du musst der berühmte Sebi sein! Freut mich«, sagt Lara und gibt Sebi eine freundschaftliche Umarmung.

»Und du bist also die, die so hart zuschlagen kann wie die Tochter von Klitschko«, entgegnet Sebi und lacht. Sein Englisch ist echt okay, dafür dass er in dem Fach zuletzt nur eine Drei minus hatte. »Josh hat mir viel von dir erzählt. Es war auch Gutes dabei!« Lara kichert.

An die Griffe ihrer Handtasche hat sie ein Nackenkissen gebunden. »Du bist sicher müde. Sollen wir direkt zu mir fahren? Meine Mutter hat mir Geld für ein Taxi gegeben.«

»Ich saß jetzt so lange im Flugzeug, ich bin froh über etwas Bewegung. Außerdem bin ich das erste Mal in Europa! Da gehe ich doch nicht gleich schlafen. Zeigt mir eure Stadt!« Lara greift meine Hand und zieht mich hinter sich her.

»Und dein Koffer?«, frage ich mit Blick auf das pinke Monstrum mit seinen vier kleinen Rädern.

»Nehmen wir mit, den können wir ziehen.«

Nach einer kurzen Fahrt mit der S-Bahn spazieren wir entlang der Landungsbrücken Richtung HafenCity, dem angesagten und modernen Stadtteil an der Elbe, der es mit seiner Architektur zu weltweiter Berühmtheit gebracht hat. Der Regen hat aufgehört und ab und zu schiebt sich jetzt sogar die Sonne an den hellen Wolken vorbei.

Ich ziehe wie ein anständiger Ehrenmann das Monstrum an Koffer, zeige mit meinem freien Arm auf alles Mögliche und erklären es Lara zusammen mit Sebi. Die Elbphilharmonie, die Musical-Zelte auf der anderen Uferseite, das Museumsschiff Rickmer Rickmers, das Luxus-Wohnhaus Marco-Polo-Tower, die alten Lagerhäuser der Speicherstadt. Ich sehe Lara an, dass sie ganz schön geflasht ist.

Wir setzen uns auf eine Bank. Zwei Schlepper begleiten ein riesiges Kreuzfahrtschiff in den Hafen. Im Vergleich zu dem Luxuskahn sind sie wirklich winzig, und es sieht aus, als würden zwei kleine Goldfische einem Blauwal sagen, wo es langgeht. Der Wind schleudert uns ein paar Tropfen der Elbe hinauf in unsere Gesichter. Unten am Ufer klatschen Wellen gegen ein paar Betonpfeiler und werden innerhalb eines Augenblickes zu weißem Schaum.

Laras Hand wühlt sanft durch meine Haare, mit ihren Fingerspitzen krault sie mir den Hinterkopf.

»Es ist diesen Sommer so wahnsinnig viel passiert«, sagt sie und blickt auf die Schiffe. »Dieser Sommer hat mit uns allen so viel gemacht. Als ich vorhin im Flugzeug saß und die Wolken unter mir gesehen habe, wurde mir noch mal klar, dass uns diese Zeit noch sehr lange begleiten wird. Und uns irgendwo hinbringen wird. Ich bin gespannt, wohin.«

»Gustav hat der Sommer auf jeden Fall zu seinem Traumverein gebracht«, sage ich. »Schon gesehen?«

Lara sieht mich erwartungsvoll an. Ihr Blick sagt ungeduldig *Sag schon!*. Ich gehe auf Gustavs Instagram-Profil, rufe das neueste Foto auf und drehe das Display zu Lara. Auf dem Bild ist er in einem Büro mit einem Mann in Anzug zu sehen: Beide halten gemeinsam ein blau-weißes Trikot in die Luft, mit dem anderen Arm geben sie sich die Hand. Sie lächeln in die Kamera. Unter das Bild hat Gustav die Hashtags #Malmö #dreamcometrue #clubofmylife gesetzt.

»Er spielt jetzt dort, wo er immer spielen wollte. Die haben ihn geholt. Das hat er heute früh gepostet, als du im Flieger warst. Ich habe ihm schon gratuliert«, erkläre ich Lara.

»Wow! Das ist das schönste Gefühl. Wenn du endlich da bist, wo du sein willst«, sagt Lara und gibt mir einen Kuss. Sie sieht mich durchdringend an.

»Ja, das ist es«, sage ich.

Ich sehe verschwörerisch zu Sebi rüber.

»Was grinst ihr beiden so? Was ist passiert?« Lara haut mir scherzhaft auf den Arm und schaut mich mit einem empörten Gesichtsausdruck an, in den sich ein erwartungsfrohes Grinsen mischt. »Sag jetzt!«

Ich lache. »Gönn uns doch den Spaß, ein bisschen Spannung zu erzeugen.« Ich mache eine Pause, doch unter Laras Blick halte ich es nicht lange aus. »St. Pauli hat mich genommen! Ich fang direkt zur neuen Saison an.«

Lara reißt die Augen auf und mich so ruckartig an sich, dass mein Nacken schmerzt. Sie küsst mich, und der Glanz in ihren Augen zeigt mir, wie stolz sie ist. »Du bist der Beste! Das ist so cool.«

Hand in Hand gehen wir die Elbe lang, Sebi und Balu sind ein Stück vorgegangen und spielen mit einem Stöckchen.

»Hast du die Story von Terry auf Instagram gesehen?«, fragt mich Lara.

Ich schüttele den Kopf, woraufhin sie mit einem vorfreudigen Grinsen ihr Smartphone aus der Handtasche zieht und mir die Story vorspielt. *Vor 3 Stunden* steht über dem Boomerang-Video, in dem Terry die Augen schließt und ein Mädchen auf die Stirn küsst, das ihn anstrahlt. Es ist Emily, die Helferin der Schildkröten-Station. Terry trägt eine Trainingsjacke mit dem Logo von L.A. Galaxy.

»Krass ... Er ist wieder mit ihr zusammen?«

Lara nickt freudig. »Ja! Ist das nicht süß? In der L.A. Times war letzte Woche ein Bericht über Terry. Galaxy hat ihn verpflichtet, und nachdem Morisson aufgeflogen ist, können er und seine Eltern wieder frei leben, ohne Zeugenschutzprogramm. Die Polizei hat die Eastside Boys komplett zerschlagen, mit bundesweiten Razzien. Es gab unglaublich viele Festnahmen. Morisson muss wegen Betrugs und Entführung für dreißig Jahre in den Knast. Und Emily besucht unseren lieben Terry jetzt regelmäßig in L.A.«

Balu kommt mit dem Stöckchen im Maul auf mich zugerannt und lädt mich mit einem Blick aus seinen treuen Augen zu einem Spiel mit ihm und Sebi ein. Ich streiche mit der Hand über sein warmes, weiches Fell.

»Ich freue mich so für Terry. Heute Abend schreibe ich ihm mal wieder, wir haben jetzt schon ein paar Tage nichts voneinander gehört. Kein Wunder, er ist ja offenbar in guten Händen«, sage ich grinsend.

Lara drückt mir einen Kuss auf die Wange. »Kennst du diesen Spruch? *Am Ende wird alles gut. Und wenn es noch nicht gut ist, ist es noch nicht das Ende.*«

»Kenne ich. Mag ich voll.«

»Ich auch«, sagt Lara und schmiegt sich im Gehen mit ihrem Kopf an meine Schulter.

Vergesst das Vapiano! Vergesst jede Pizzeria! Vergesst jeden Lieferservice! Meine Mutter macht die besten Spaghetti Bolognese der Welt. Und ich habe nach dem Tag an der Elbe einen Bärenhunger. Wir sitzen alle am Wohnzimmertisch, und Lara erklärt meinen Eltern gerade das Schulsystem in den USA. Ich war so gespannt, was sie von ihr denken werden. Es gibt keine zweite Chance für den ersten Eindruck, heißt es doch immer. Gleich nach den ersten Minuten bei uns habe ich zum Glück gespürt, dass Mum und Dad meine Lara total mögen.

»Ein tolles Mädchen«, sagt Mama zu mir, als ich ihr beim Abräumen helfe und wir an der Spülmaschine in der Küche stehen. »Sie ist etwas Besonderes.«

Als wir endlich alle die von der Soße rot gefärbten Teller in der Maschine verstaut haben, setzen wir uns ins Wohnzimmer, zum Nachtisch serviert uns meine Mum ihren selbst gebackenen Schokokuchen. Brutal lecker! Lara hält sich die Hand vor den Mund und dreht sich zur Seite, doch ihr Gähnen bleibt mir trotzdem nicht verborgen.

»Der Jetlag muss dich total müde machen. Ich bin auch durch für heute. Lass uns hochgehen«, sage ich. Zum Glück war es weder für Laras Eltern noch für meine ein Problem, dass wir uns das Zimmer teilen.

»Gute Nacht ihr beiden. Ruht euch aus. Morgen ist ein großer Tag für euch. Das erste Training bei St. Pauli und der erste Tag im Surf-Camp – so aufregende Leben wie ihr will ich auch mal haben«, sagt Papa und grinst.

Zehn Minuten später liege ich im Bett. Ich stelle meinen Wecker auf sieben Uhr und will gerade in den Flugmodus wechseln, als mein Phone vibriert. Eine neue E-Mail.

Als der Absender auf dem Display erscheint, stockt mir der Atem und die Haare auf meinen Unterarmen stellen sich auf.

»Krass! Schau dir das an.«

Lara kommt gerade schon in ihrem Schlaf-Outfit aus dem Bad. Sie schlüpft zu mir unter die Decke und kuschelt sich an mich. »Was denn?«, fragt sie, und ich halte mein Handy so zwischen uns, dass wir beide die E-Mail lesen können. »Hier, die habe ich gerade bekommen.«

Von: office@californiastateprison.com

An: josh@kickitlikejosh.com

Datum: Montag, 25. August, 12:35

Betreff: So sorry

Sehr geehrter E-Mail-Empfänger,

dies ist eine Nachricht unseres Insassen Curtis Donovan. Unseren Insassen ist es gestattet, einmal pro Woche per E-Mail Kontakt zu einer Person außerhalb des Gefängnisses aufzunehmen. Wir haben diese E-Mail vor dem Absenden mithilfe unseres Sicherheitssystems auf geheime Codes oder Bedrohungen geprüft. Sollten Sie keine E-Mails von unserem Insassen mehr erhalten wollen, informieren Sie uns bitte umgehend.

Folgend die Nachricht von Curtis Donovan an Sie:

Hi Josh,

ich hoffe, du hast diese Mail beim Blick auf den Absender nicht gleich gelöscht und liest sie.

Ich schreibe dir aus dem California-State-Gefängnis. Hier steht ein Computer im Gemeinschaftsraum, den jeder benutzen kann. Mir ist es total wichtig, die erste Chance zu nutzen, um dir zu schreiben.
Ich kann nicht wiedergutmachen, was ich getan habe. Ich möchte mich in aller Form bei euch entschuldigen. Bei dir – und ganz besonders bei Terry. Ich hätte ihm diese Mail auch so gern persönlich geschickt, doch ich habe seine Adresse nicht (deine hab ich von deinem YouTube-Channel). Bitte leite diese Mail an Terry weiter oder lies sie ihm irgendwann vor.
Ich will keine Ausreden benutzen. Jeder ist im Leben für sich und seine Taten selbst verantwortlich. Ich will nicht Morisson die Schuld geben. Ich will dir und Terry nur erklären, wie es so weit kommen konnte. Das bin ich euch zumindest schuldig.
Bei uns in South Central gilt das Motto:
Get rich or die trying. Werde reich oder sterbe dabei, es zu versuchen.
Mein Dad hat uns verlassen, als ich drei war, und meine Mum musste jeden Tag von früh bis spät als Putzfrau arbeiten, um unsere Miete zahlen und uns irgendwie durchbringen zu können. Seit ich denken kann, drehte sich bei uns alles ums Geld, weil nie genug davon da war. Noch vor Monatsende war meist alles weg, dann gab es nur noch Toastbrot und Wasser. Die mit Geld, die mit den fetten Autos und mit den hübschen Frauen, das waren bei uns im Viertel die Gangster. Die Gang-Mitglieder der Eastside Boys. Sie waren bei uns die Gewinner. Und diejenigen, die ehrliche Arbeit machten, waren die Verlierer. Wir sahen sie morgens zum Bus gehen, zu ihren Jobs als Verkäufer im Supermarkt oder Lagerhelfer fahren, und spätabends wiederkommen. Wir lachten über sie. So viel Arbeit für so ein beschissenes Leben.

Weißt du, Josh, in den Wochen hier im Knast habe ich viel Zeit zum Nachdenken gehabt. Ich habe erkannt, dass ich mich bislang immer an den falschen Menschen orientiert habe und dabei leider sehr dumm und naiv war. Schon mit elf Jahren hing ich nur auf der Straße rum, und die Eastside Boys fragten mich, ob ich bei Einbrüchen für sie Schmiere stehe. Dafür bekam ich fünfzig Dollar, das war zehn Mal so viel wie mein Taschengeld. Und so ging es immer weiter. Ich stahl für die Gang, ich schlug mich für die

Gang, und ich hatte das Gefühl, dass ich auf der Straße mehr lernte als im Klassenzimmer. Deshalb brach ich mit vierzehn die Schule ab. Ich hatte keinen Bock mehr auf den ganzen Kram. In der Gang arbeitete ich mich immer weiter hoch, und einer der obersten Eastside Boys sagte mir diesen Sommer, dass ich jetzt bald bei etwas Großem dabei sein werde. Er meinte Terrys Entführung.

Er und ich holten Terry aus eurer Villa. Und schon in den Minuten danach hatte ich ein schlechtes Gewissen. Aber ich habe mich nicht getraut auszusteigen. Denn die Jungs aus der Gang hatten mir immer gesagt: Unser Boss macht dich kalt, wenn du nicht dabeibleibst.

Nach der Entführung lernte ich diesen Boss kennen: Es war Morisson. Bislang war er immer im Verborgenen geblieben, nur die Ranghöchsten aus der Gang trafen ihn persönlich. Er wollte kein Risiko eingehen, irgendwann verpfiffen zu werden. Aber Terry wollte er unbedingt sehen. Morisson meinte, dass dieser Junge der beste Fußballer sei, den er je gesehen hat. Morisson ist so ein Arschloch. Er hat mich wie den letzten Dreck behandelt. Wie einen Sklaven. Nicht mal zu seiner coolen Party hat er uns eingeladen. Als ich davon erfahren habe, dass an diesem Abend richtig viele Promis in seine Villa kommen, habe ich mit einigen Jungs aus der Gang beschlossen trotzdem hinzufahren.

Als Morisson dann erfahren hat, dass wir auf der Party sind, ist er komplett ausgerastet. Hat uns von einem seiner Security-Gorillas in ein Zimmer in seiner Villa zerren lassen. Hat rumgebrüllt, wir dürften nicht auf sein Gelände, erst recht nicht mit dem Entführungswagen, wenn das rauskäme … Der war vollständig paranoid. Dabei hat niemand den Wagen gesehen. Ich habe ihn extra hinter der Villa in den Büschen geparkt, bin doch nicht bescheuert. Na ja, ich musste ihn trotzdem wegfahren.

Ich denke daran, wie ich auf der Party gegen Curtis' Knie gerannt bin. Und wie der Cayenne plötzlich weg war. Dann lese ich weiter.

Obwohl mich Morisson so mies behandelt hat, habe ich weiter für ihn gearbeitet. Ich wollte meiner Mum und mir einfach ein besseres Leben

ermöglichen. Und ich hatte keine Ahnung, wie ich das ohne das Geld aus den Jobs für Morisson tun sollte. Er beauftragte mich, mit zwei Jungs aus der Gang in die Lagerhalle zu fahren und Terry dort festzuhalten, bis der Prozess gegen die Eastside Boys vorbei wäre.
Von Tag zu Tag habe ich mich während dieser ganzen Entführungsscheiße mehr geekelt. Vor mir selbst. Diebstähle und so, das war okay für mich. Aber jetzt einem Menschen so etwas anzutun … Ich kam damit nicht klar. Wie eine Maschine habe ich mit dir in der Halle gekämpft und danach Officer Lazar angerufen. Und mich echt geschämt.
Dann kam die Sache auf der Jacht und das war einfach so krass. Morisson wollte euch echt umbringen. Dabei hatte er mir vorher gesagt, er wolle euch auch nur auf den Channel Islands verstecken. Ich war echt geschockt. Und hab dann endlich mal die richtige Entscheidung getroffen.

Gleich habe ich übrigens Fußballtraining. Ich spiele hier in der Gefängnismannschaft. Einige der Jungs sind ganz gut. Wir haben einen Sozialarbeiter, der meinte, ich habe Potenzial. Die bieten auch eine Ausbildung zum Tischler an, die ich auf jeden Fall machen will. Dauert zwei Jahre. Also genauso lang, wie ich hierbleiben muss. Der Richter war ziemlich gnädig mit mir. Weil ich gestanden habe und er Reue bei mir erkannt hat, meinte mein Anwalt.
Wenn ich meine Strafe abgesessen habe, will ich ein neues Leben anfangen. Ein Leben ohne Gang, ein ehrliches Leben.
Ich wünsche euch alles Gute, Josh.
Bitte glaubt mir: Gäbe es irgendeine Möglichkeit, das Ganze ungeschehen zu machen, ich würde alles dafür tun, um sie zu nutzen. Sorry!

Curtis

»Nimmst du ihm das ab?«, fragt Lara, als ich mein Handy auf den Nachttisch lege.

»Keine Ahnung. Ich glaube schon.«

»Wirst du ihm antworten?«

Ich überlege kurz. »Ja. Ich denke, er hat eine Antwort

verdient. Aber heute nicht mehr. Heute will ich nur noch an dich denken.« Dann mache ich das Licht aus. Im Dunkeln ziehe ich Lara so nah an mich, bis ich ihr Herz schlagen spüre.

Stammspieler wie Benzema
Roll im Benzer, bra
Zahl den Benzer bar
160k

Capital Bra holt uns mit seinem Hit *Benzema* aus dem Reich der Träume. Ich habe den Song als Weckton eingestellt. »Was rappt der da? Das klingt komisch«, grummelt Lara und streckt sich verschlafen. »Guten Morgen erst mal.« Wir lachen. Sie zieht sich die Bettdecke bis zu den Augen hoch. »Dein Bett ist so gemütlich. Aber wir müssen aufstehen, oder?«

Ich nicke. Ausschlafen muss verschoben werden.

Wir packen unsere Sachen, machen uns im Bad fertig, frühstücken schnell unten in der Küche eine Schale Müsli und verabschieden uns von meinen Eltern. Es ist ein frischer, klarer Morgen. Meine Mutter hat Lara angeboten, sie zum Hauptbahnhof zu fahren, wo der Shuttle zum Surf-Camp startet, doch sie hat abgelehnt. »Bei euch in Europa gibt es viel bessere S- und U-Bahn-Netze als bei uns in L.A., also will ich die unbedingt abchecken«, hat sie gesagt.

Gemeinsam gehen wir Richtung U-Bahn-Station, vor der auch mein Bus abfährt, mit dem ich zum Nachwuchsleistungszentrum von St. Pauli fahre. Auf dem Weg nimmt sie meine Hand.

»Bist du nervös?«, fragt sie.

»Ein bisschen. Und du?«

»Ein bisschen«, sagt sie und lächelt mich an.

»Denk einfach daran, was du in L.A. alles geschafft hast. Das gibt dir Kraft.«

»Und du machst bitte dasselbe!«, erwidert sie.

Wir stehen am Gleis, und Laras Bahn rattert bei der Einfahrt. Ich gebe ihr einen Kuss. »Viel Erfolg heute.« Menschenmassen strömen in die Waggons, und Lara geht Richtung Tür.

»Hey«, rufe ich.

Sie dreht sich um und sieht mich mit einem herausfordernden und gleichzeitig erwartungsvollen Blick an.

Ich sage nichts. Ich fühle mich einfach nur gut. Ich bin einfach nur glücklich.

»Was denn?«, fragt sie.

»Nichts. Ich wollte dich einfach nur noch mal ansehen.«

Sie lächelt. Keine Antwort. Die braucht es auch nicht. Sie steigt in den Waggon und setzt sich ans Fenster. Als die Bahn losfährt, winkt sie mir.

Mit meiner Sporttasche über der Schulter gehe ich die Stufen der Station nach oben. Ich habe dasselbe Gefühl wie vor dem Abflug nach L.A.

Ich habe das Gefühl, dass gerade ein großes Abenteuer beginnt.

Für uns beide.

ENDE

DANKE!

Kalifornien, Los Angeles und speziell Venice Beach haben mich maßgeblich zu diesem Buch inspiriert. Ihr seid so tolle Plätze auf dieser Welt. Bleibt, wie ihr seid. Ich komme bald wieder, versprochen.

Ich danke allen Lesern. Großartig, dass ihr meine Bücher lest. Danke für euer Feedback, bei Instagram gern jederzeit unter *julienwolff_autor*.

Ganz besonders danke ich dem Carlsen-Verlag für das erneute Vertrauen. Es ist großartig, bei euch Autor zu sein.

Ich danke meiner Liebe Julia. Für das Lesen, für die Hilfe, für unsere USA-Reisen. Für alles.

Riesendank an Annika Harmel. Du hast mit deinem Feingefühl und super Hinweisen dieses Buch komplett und besser gemacht. Fantastisch! Du bist eine großartige Lektorin. Von so einer Zusammenarbeit träumt jeder Autor.

Mega Dank an Rebecca Wiltsch, die Beste überhaupt. Nach TRAUMTREFFER jetzt schon meine zweite Geschichte, an die du von Beginn an geglaubt hast. Dank deiner enormen Expertise und deiner so wertvollen Erfahrung haben wir sie Buch-Realität werden lassen. Alles, was auf diesen Seiten mit dem FC St. Pauli zu tun hat, ist auch für dich. Lass uns so weitermachen!

Dennis Wohlfeil hatte eine super Idee und mir sehr geholfen – vielen Dank!

Ich danke meinen Eltern und meinen Freunden, die

mich immer unterstützen. Ihr seid die Besten und in meinem Herzen, immer.

Und ey: *Hamburg!* Nicht, dass du bei all den Liebeserklärungen an L.A. neidisch wirst. Du bist Heimathafen und Tor zur Welt, nicht nur für Josh.